U0940395

回望

RETROSPECTION

·散文集·

陈文秀◎著

中国铁道出版社
CHINA RAILWAY PUBLISHING HOUSE

图书在版编目(CIP)数据

回望 / 陈文秀著 .—北京： 中国铁道出版社，2018.3
ISBN 978-7-113-23935-0

Ⅰ．①回… Ⅱ．①陈… Ⅲ．①散文集－中国－当代 Ⅳ．① I267

中国版本图书馆 CIP 数据核字(2017)第 262398 号

书　　名：回 望
作　　者：陈文秀　著

责任编辑：王晓罡　奚　源　　　**电　话：**(010) 51873343
装帧设计：闫江文化
责任印制：赵星辰

出版发行：中国铁道出版社（100054，北京市西城区右安门西街 8 号）
印　　刷：中煤（北京）印务有限公司
版　　次：2018 年 3 月第 1 版　2018 年 3 月第 1 次印刷
开　　本：880mm×1230mm　1/32　**印张：**6.5　**字数：**150 千
书　　号：ISBN 978-7-113-23935-0
定　　价：36.00 元

序　言

回望故乡　依旧温暖

山　禾

在异乡，我们会常常想到与异乡相对的一个地方，就是故乡。想到故乡，我们又会首先想到母亲，然后才是父亲，家人，以及村人。我有时会想，为什么想到故乡，我们就会首先想到母亲？因为故乡是我们的胞衣之地。当我们爬出母亲的身体，那胞衣——母亲身体的一部分，就丢在了那里。那是我们生命初始的地方，我们最初的记忆就是母亲的笑脸。然后从蹒跚学步到牙牙学语，在母亲全部的爱里慢慢长大。再然后，我们向外飞，飞出了故乡。

母亲被留在了家里。有母亲的地方才叫家，有母亲的地方才叫故乡。

故乡似乎是一个恒定的地理位置，它存在于我们目光的尽头，存在于我们的思念和向往的尽头。所以无论故乡多么贫瘠，多么昏暗，多么破败，当我们蓦然想起时，故乡的天空总是一片光明。那光明其实是一种召唤，它让我们温暖，忧伤，悲欣交集。

从故乡到异乡，我们一直在辗转。记住乡愁，我们赖以生存的城里就没有乡愁么？我们一直在抒发乡愁，好像我们不这么抒发，就是家乡的不肖子孙似的。但事实上，没有几个人回到清贫的故乡生活。我们一定程度上厌倦城市，但很大程度上又依恋城市。这是剪不断、理还乱的另一种乡愁。

面对这无绪的乡愁，我们能够说什么？无言的拼搏，是当下大多数人默认和选择的行为方式和话语方式。这里边饱含着无奈与挣扎，也饱含着执着与追求。

芸芸众生之中，陈文秀作为一个普通人，作为一个他乡生活最直接的体验者，她的话语方式似乎与众不同。她有很多话要说。她没有用嘴巴去喋喋不休，而是用客观的记录方式，把话语交给了文字。毕竟在他乡二十年了，行走和漂泊，给了她更多的感受和感悟。为了活得更好，我们需要表达。文字是很好的表达方式，她用这种表达，安放了自己，也抚慰了别人。

我想，陈文秀的散文集《回望》就是在这种心理期待下认真体悟、完成的。老家在皖北农村，初二辍学那年，她才 14 岁。她做了农民，和父母一道，开始了面朝黄土背朝天、日出而作日落而息的生活。她不满足于现状，她心里有一团火。她喜欢看书，听收音机，也喜欢拿一支笔在纸上写一点什么。她希望透过云层可以看到一点微茫的光线。然而固有的生活结构太过紧密，呼吸的空气都是五百年前飘过来的，她无法改变，找不到出口。后来，和那时所有的农村姑娘一样，相亲，结婚，繁衍后代，聊度时光。再后来，她走出故乡，去了异乡。上海，那个大都市的褶皱里挤满了如蚁的谋生者，她在其中。谋生，做生意，打拼，是这么多年来她人生的关键词，是她命运的胎记，是她奋斗的标签。几番磨难，几度艰辛，他们挣了一点钱。她带着孩子回到故乡的城市，开始了又一番拼搏。最近几年，她又是回到上海。

感触太多，文字成为最好的出口。2006 年起，陈文秀开始了真正意义上的写作。她写了不少小说，也写了诸多散文，并在报刊上发表了不少。我们看到的这本散文集《回望》就是她在这十年间写下的部分文字。文如其人。文秀为人善良，对人真诚，淳朴，热心，宽容。她的文字凝练，厚重，实在，不做作、不雕饰、不虚假煽情，有一种实实在在的震撼力，让我们感动，令我们由衷地相信和钦佩。

比如本书的开篇《那一片麦地》。夏季收麦子是很普通的一项农事，但就是这个很平常的农事，被作者写得不同寻常。“那一片麦地，就像珍藏已久的画卷，在记忆中徐徐地展开，厚厚实实地铺展在我的梦魂里。”这发自心灵的描述，多么诗情画意，又多么接地气和有民间味。气氛热烈、一望无际的麦田里，一家人围绕着收麦子，心情澎湃——鲜活地写出了中国农民对于收获的热诚和喜悦。现实火热的生活里穿插着回忆，温暖写来，一气呵成。文字朴实无华的内力转化为艺术感染力，让人仿佛像尝到了新麦子一样满心热望，动人心魄。《父亲与狗》写出了新旧生活方式之间的矛盾冲突，娓娓道来，像一幅风俗画，可感可嗅。亲情感人，父亲与“我”、与狗之间的最为淳朴的情感及波澜，写得淋漓尽致，温馨感人。《年味，娘味》更是一篇亲情入骨之作。这篇散文被《读者》杂志转载过，可见它引起了更多人的关注和情感共鸣。

除了亲情记述外，对于人生感悟、人间真情、底层人的生活状态、生命中忘不掉的瞬间或者片段，作者也用了较多篇幅，加以回眸、反观、思考和诚挚抒发。写出了对彼时彼景的真真切切的感受和独到的体悟。比如《感悟“嫌弃”》《一路走好》《以肥为乐》等，其思考的角度新，感悟透彻，传递出的莫大的人文关怀让人动容。《以肥为乐》以自我解嘲的笔触，生动有趣地为我们描述了另一种幸福的可能，另一种积极的人生姿态，不卑微表达，不悲观阐述，让我们感同身受到了一种向上的力量。

《隔壁木匠》《好人羊蛋》《胡爹》等篇什，用体恤的文字，带着一种初春般的温度，为我们徐徐展开普通劳作者的淡淡素描。我们透过那富于同情心的叙述，看到了一张张满布灰尘、黑黝黝的脸，以及一条条微微弯曲但是坚强的背脊。我们唏嘘并且感慨：我们能帮他们什么呢？面对生存与生命，我们有理由颓废吗？我们不该珍惜吗？我们或许没有富裕的物质，但我们可以付出善意和爱，因为这世界不应该是寒冷的地窖，而应该是温暖的天堂。

这些感性的文字也让我们看到了作者的心。世界繁杂，大都市是绿洲，也是荒漠。芸芸众生，为利而来，为利而往，谁会关心谁的疾苦？作者如果没有一颗良善之心，如果没有悲悯情怀，也不会关注这些微小的又微笑着的生存者，更不会花时间为他们写出这一篇篇悲喜的文字。

《送别巴金》《北方的冬天我不冷》《那道咸涩的菜》等，表达的情感则又是另一种暖色调。悼念或者缅怀，思念或者回忆，情感朴素，清新暖人，于生命的悬崖处开花，可歌可泣，坚强向上。那样的冬天真的不冷，暖心的回忆就是一炉红红的炭火，不光暖着你的肉体，还暖着你的精神以及信念。那一组“饭店系列”

散文也是如此。因为为人太过实在，不会拐弯抹角，加之一些现实因素，导致作者在开了一年饭店之后破产。在伤口结痂之后，作者写了几篇回忆性文字。没有哭哭啼啼，也没有顾影自怜，我们看到的依然是豁达和宽容的姿态。她宽于待人，就如同对待自己的兄弟姐妹。她宁可委屈自己，对别人是微笑和包容。这就是作者的人品，也是她的文品。

还有一些篇什也是我看后深有感触的。无论写景，还是抒情，都是客观真实地表达着自己的感悟。因为篇幅所限，这里就不一一列举了。好在这本书现在已经出版了，我所说的文章都在这里，您随时可以品着一杯清茶翻看翻看。

几十篇散文组成了几个大的篇章，横看成岭侧成峰。角度不一样，看到的风景自然也不一样。然而，正是这些不同的角度构成了不同的阅读体验，构成了和谐而又辽阔的景观。

生活还在继续，就像我们的阅读还会继续，就像陈文秀的写作还会继续。岁月不停，脚步就会奔波。时光不老，文字就会丛生。回望故乡，依旧温暖。陈文秀作为安徽省作家协会会员、第四届安徽省文学院签约作家，我们有理由相信她在以后的日子里还会写出更多更好的作品。让我们一起期待着。为她祝福。

是为序。

前　言

人在他乡

我的梦想，是装进拖拉机里，载往上海的。

那是 1998 年的盛夏，那天凌晨，我收拾了两大蛇皮袋行李，孩子爸给拖拉机加满水和油，我们就披星戴月启程了。

收拾东西的时候，我是悄无声息地进行的。因为，我怕吵醒在平房顶上熟睡的孩子。他们从小到大都没和我们分开过，他们要是醒了，肯定会哭着闹着光着脚丫子拼命地追赶。

那时的梦想很简单，离开乡村，到外面多赚点钱，多见见世面，像城里人那样活得有面子。不光是为了自己的面子，最主要的还是为孩子。总不能让孩子一辈子也像我们一样窝窝囊囊地活着吧？就想拼一把，让孩子以后也能做城里人。

我们没有明确的偶像，但是老公的姑姑是我们的榜样。她是城里人，一直让我们倾慕不已。当拖拉机冒着白烟行驶了三个小时之后，来到了城里姑姑的家。我们是来讨教的，带着膜拜的心情。姑姑教诲我们一番，临别时，郑重其事地把一个濡染了城市味道的印着红花的大号搪瓷茶缸送给了我们。姑姑说，在家千日好，出门一时难，拿着，有用！

宛如得到了神奇武器，我捧着搪瓷茶缸，拖拉机一路颠簸，总算来到了上海。悠悠的黄浦江漂动着细碎的星辉，我知道，故乡已经很远。我不会再听到鸡啼蝉鸣了，我置身此处的已是车水马龙的他乡了。

我们要投奔的人，是我弟媳的姐姐。我们叫她美兰姐，姐夫是杜老板。听说他们三年前开着拖拉机来到上海，在这边挣到大钱了，我们是慕名而来。我们的嘴巴变得格外地甜，姐姐、姐夫叫着，像嘴里含着蜜糖似的，看到什么活都抢着帮忙。

美兰家做的生意就是在远离市区的一个偏僻的地方摆地摊，卖黄沙水泥。用拖拉机拉几车黄沙，打成堆，沙堆上插一块大木牌子，牌子上用红色油漆写着"出售黄沙水泥"几个大字，旁边再堆一点水泥、砖块。几块板搭起一个简易的棚，棚子下面放一个破沙发，那便是谈业务的地方。那摊子摆在一个丁字路口，周边都是新小区，业主们都忙着装修买材料。有来买十袋八袋的，也有买几十袋的。谈好价钱交钱，留下地址，然后用三轮车帮人家送过去。杜老板说，别小看我这烂摊子，一年能赚好几万。那个年头的好几万！让我们羡慕得咽着唾沫。刚到的我觉得，杜老板开拖拉机的本领并不比我老公好，美兰姐说话的技巧也不比我强。

我们做的活儿是杜老板安排的。美兰姐平时坐的棚子，成了我的工作岗位。杜老板的送货三轮车骑车人，换成了我老公。

这就是我们初到上海的工作——帮杜老板和美兰姐看摊子，送黄沙水泥。我能够感觉到的是汗水枯竭之后白昼的漫长。太阳很毒很大。老公黝黑肩头上的汗珠映照出的太阳也很毒很大。夜来得太慢了，我的双脚一直在热浪里烤火。

吃完晚饭，美兰姐烧了一锅水，几个人轮番擦澡。在一间小屋子里黑灯瞎火地擦身，把眼泪都擦出来了。之后就是睡觉，我和老公拎出了一卷草席，杜老板跟对面卖板材的打了招呼，我们爬到了那摞得高高的木板上，铺开了席子。

上海的夜空很辽阔。露水很重。蚊子很胖。远处一片亮光，映红了半边天。那就是上海市中心吗？那就是数以万计的打工者渴望中的人间天堂吗？

我无法在露珠降临中安然入睡。我周身燥热，在和蚊子的对抗中，皮肤上起满了痱子。这是在他乡起的痱子，这是上海的痱子。我由此对于上海更加亲切了，甚而都有好感了。但是恍惚的时候，我又会想，我是在哪里？我果真在上海吗？

美兰姐家的米饭喷喷香，菜也可口。我终于又明白，我是来上海挣钱的。有着美兰姐的香喷喷的米饭和可口的菜，苦点累点又算什么？我们每天都会见到钱的，这种感觉实在是太好了。

如此“美妙”地过了十来天，情况有了变化。杜老板开始“赶我们走”了。杜老板说，这种生意，你们自己也能做。你们把拖拉机都弄来了，压根就不是来打工的，我也用不起你们。

杜老板和美兰姐给我们指路，要我们搬到几公里以外的码头旁边住。杜老板说，摆我这样的摊子暂时没有好位置，码头那边也有我们的老乡，不会为难的。你们有拖拉机，跟他们学，往建材店送货，能赚到钱。你俩肯定能干好！

临分别的时候，美兰姐把吃饭用的木架子和木板送给了我们。

说，拿着吧，有用，到那边一根针一根线都要买。杜老板又给我们搬了两块旧门板，美兰姐连扎蛇皮袋的绳子也塞给我两团。她说到那边人生地不熟的，没地方找。拖拉机开动了，美兰姐在门口向我们挥手，我的心里一阵阵发酸。

我们来到了“北杨宅”，这地方比杜老板住的那个地方偏僻了许多。到处都是低矮的民房，房屋的间隙还有菜畦，房前屋后人来人往，地上又脏又乱。

在这个又脏又乱的地方，我们居然碰到了老乡钱正好。钱正好是在老家街上摆肉案子的。他姓钱，还因为他爱赌。赌输了回家，老婆问他“战况”，他就说，不输不赢，正好！“钱正好”这个绰号就被大家叫开了。以至于他的真名都被人忘了。钱正好一年前欠了赌债，跑了出来。在这块地盘上，他已经混成了销售沙石料的“钱老板”了。

我老公在家因为打牌与他熟悉，他乡遇故知，当然高兴。钱老板还是笑嘻嘻的好脾气。他买来了三块钱一瓶的“一滴香”牌白酒，又买了黄色标签、一块钱一瓶的“上海”牌啤酒，在他那十来平方米的小屋里热情地招待了我们。老公跟他脾气合得来，买传呼机，跟车帮他送货，外出发名片联系业务。我跟着钱正好的老婆英子，拿上捆扎绳，扛着两捆水泥袋，到码头上装沙袋。

装沙袋，是我在他乡做的第二个工种。英子干活是把好手。她把截好的一束捆扎绳绑在腰间，爬到沙堆的半坡，抖开灰尘弥漫的废弃水泥袋，左手撑袋子，右手握着短柄铁锹，三下两下就扒拉好一袋子。再快速从腰间抽出一根绳子，兰花指上下翻飞，瞬间就把袋子扎好、堆好。全过程也不过十多秒钟。原本俊俏的女人，头上顶着毛巾，脸上灰汗横流，皮肤成了黑红色。看着心里有点难受。英子教我，我努力模仿。等装完两捆袋子，钱老板的拖拉机也开回来了。我跟着英子往拖拉机里搬沙袋，两个男人也过来帮忙，一车货很快装好了。过磅，付钱，送往客户那里。

拖拉机到了目的地，那是一家福建人开的建材店。老板出来验好货，我们几个人就开始把沙袋往店里搬。两百袋沙子卸好，我们几个都成了泥人。钱老板边跟店老板算账，边嬉皮笑脸地跟老板娘调笑，满脸媚态。

钱拿到手了，我家男人发动拖拉机。钱老板伸出一把手指，在我老公眼前晃了晃，说，五十块！够我卖肉赶两天集了！这前后不过两个小时，一天碰巧能送三四趟，你算算！

这话诱人。我跟老公于是勤勤恳恳地跟着他们。他们到窑厂装砖头，到水泥码头装水泥，到水灰池里装纸筋灰，我们都寸步不离。干了几天，钱老板发话了。他说你们可以毕业了，自己干吧。你有闯劲，你老婆有文化，以后肯定比我们干得强。

于是另开炉灶。在他乡，我们一次次依附别人，又一次次被别人剥离出来。这种游离无根的状态，是有着一种切肤之痛的，如一道细细的伤口，虽然很小，甚至看不见，却时刻让你隐隐作痛。这种感觉非异乡人是无法体味的。

钱老板也如杜老板一样，送了我们一些东西，比如煤油炉、锅碗之类。这些东西，对于他们来说已经不重要了，但是我们依然如获至宝。用杜老板送的两块门板，我们在只有十平方米的小屋里支了床，使我们终于有了栖身之地。我们又在靠窗的地方，用美兰姐给的木架和板子支了一个台子，摆上了钱老板送的煤油炉。这样，我们又可以做饭吃了。有睡的，有吃的，人在他乡，不是挺好么？

我跟老公定了制度，每天两人的消费控制在十元以下。偶尔奢侈一回喝点酒，白酒只限于“一滴香”，啤酒定为“黄皮上海”。饮料绝不敢轻易买，每天都把姑姑送的大茶缸里装满开水，晾着，干活回来正好一饮而尽。

传呼机第一次在老公裤腰上响起的时候，把他吓得一激灵。他慌忙去小店里回电话，我也匆匆跟了去。老公在电话里跟人家谈生意，我在一旁认真听。店老板推给我一个硬纸片，我往上面记送货地址。货不多，只有三十袋黄沙和十包水泥，但是要扛到六楼。老公兴冲冲地拿着纸片去找钱正好，却被他当头浇了一盆冷水。

钱正好说，这大热天，他这些货是找不到人送了才找到你。这是玩命呢，换了我，我可不干。

可是，我们愿意干！

在老家虽然干体力活，但是扛重物爬楼还是第一次。身上驮着五六十斤的沙袋，扛到四楼的时候，腿脚开始发软了。腾出一只手，抓着楼梯扶手往上攀登。汗水顺着腿流进凉鞋里，走起来脚下打滑。眼睛不停地被汗水腌渍，不敢用满是水泥灰的手去抹一把，只得半睁半闭着眼睛摸索着向上爬。

扛完了，往下走的时候，两条腿站都站不稳了。扶着扶梯，踉踉跄跄下楼，楼梯上能看见汗湿的脚印。回到拖拉机上，捏着手里的钱，刚才的劳累烟消云散。活儿是苦的，可钞票是甜的。再苦再累，我们必须干下去。除了卖力气，我们哪还有留在上海的其他本领？

劳累敌不过思乡的苦。晚上给老家打电话，婆婆抱着我的小女儿守在千里之外的电话那一端。当小女儿听到我的声音“哇”的一声哭起来时，我的眼泪控制不住地流下来。我一边抹泪一边哄她别哭，妈妈和爸爸赚到钱了！过几天就带你坐火车，看高楼……

我们继续着自己的营生，扛沙子，背水泥，搬砖头。我们还学会了讨价还价，学会了找活计谈生意，学会了起早贪黑躲避交警。我们拖拉机被交警扣过，曾经身无分文过，被骗子骗过，被同行排挤过……百般挣扎后，我们终于留在了上海。

生活不会永远风平浪静，对于我们也不例外。我们在上海挥汗如雨地赚钱，说是为了孩子。事实上，因为我们的离开，孩子在老家的成绩已经严重退步了。这是让我最放心不下的事情。我的孩子们，能力所限，我没有本事一窝端走。我只能像老猫搬家，先衔走一个再说。

我硬着头皮跨进了那所让我仰慕已久的学校。那是上海的重点学校。跑了三趟，我才见到校长。我以一个外乡人的卑微和执着，在校长面前立下军令状，再三保证给他带一个好学生来。大概是我的这句话起了作用，也或许是校长动了恻隐之心，校长答应了，让我先把孩子带来给他看看。通过考试及面试，校长爽快地收留了我的儿子。而且，他没有收我一分钱的礼，也没有抽我一支烟或者喝我半杯水。人在他乡，这份感激和温暖，弥足珍贵，永生难忘。

儿子读书已安排就绪，我以为接下来该是按部就班、现时安稳了。没想到，平静的生活出现了戏剧性的逆转——我的男人又出问题了！是啥问题，想来猜也会猜得到的。我这里就省略若干字吧。

我哭。我闹。在远离故乡的他乡。在十平方米的小屋里。在孩子不在身边的黄沙扑面的风里。

我庆幸，我没有过真正的爱情，所以也就无从真正绝望。我还庆幸，那一次的变故，让我看透了一个男人，也看清了我自己。回眸镜中，我看见了自己那张已渐苍老的脸，我不禁悲从中来：多年忙碌的生活使我耗尽了追求完美爱情的资本，沉重的负担与责任也不容我自由自在去追寻那曾经失落的梦……现在，我该放松一些了。我能做到的，是善待自己的生命，善待自己的灵魂。

我拿起了书本，我想到了我年少时的作家梦。我拼命不让剩下的时光匆匆地溜走。我学会了电脑，我订阅了报刊，我知道了上海最大的书城，我还在上海图书馆办了读者证……

我能做到的，是靠读书、写作，安抚忙忙碌碌的白昼，安抚人在他乡的孤寂的夜晚，安抚凄苦的受伤内心。

生活的模式基本没有改变。但是，拖拉机在我们居住的区域已被彻底取缔，我们换成了体面的汽车。刚开始租住的那间小屋，以及屋里的木板床和煤油炉，也不得不丢弃了。我们换了一间大一些的房子。

我经常利用闲暇，到上海图书馆借书、读书。我也经常趴在灯下写文章，我的文字不间断地变为铅字。我的儿子也争气，墙壁斑驳的出租屋里贴满了奖状。过了一年，又把女儿也接来身边读书。就是在这种欣慰中，在这苦乐交织的岁月里，过了一年又一年，异乡的生活没再绝望。

生活再次变故是在 2006 年。已经读初中的孩子放学回家带回一个消息，说是外地户籍的学生都要回老家读书，因为以后不能在上海参加中考了。孩子转来的时候，关于学籍的问题，我们是慎重地向学校打听过的。校长说，到时候考私立高中，以后拿五万块钱出来，就能一样参加高考了。这些年，拼死拼活，省吃俭用，不就是为了这一天吗？

急忙跑到学校向老师求证。班主任无可奈何地叹了一口气，说，我们也没办法啊。这么好的孩子，我们舍不得让他走。找校长，校长叹息着说，抓紧回去办手续吧，别耽误了孩子。

在他乡，我们已经习惯了服从。我又带着孩子们回到了故乡，在老家的城市里买了三居室的新房，给孩子入了学籍，开始了另一种生活。

那一种生活，才算是真正地做了一回城里人。那是一种清静的日子。远离了货车的轰鸣，远离了粗鲁的叫骂，远离了男人们喝酒打牌的喧闹，也远离了那早已成了生僻词汇的“爱情”。住进了宽敞明亮的新房，最钟爱的孩子与电脑都跟随着我，忽然有了一种成功逃离的解脱感。

两个孩子依然努力奋进，我做完家务之后便潜心看书写作。这原本还有些陌生的城市，我们是越来越熟悉。文友、邻居、朋友、老乡、学校老师，我们的生活圈子逐渐扩大。我在当地报纸上频频发表文章，并顺利地进入了作协。那些日子，过得心满意足。

我不知道，这种逃离算不算自私。但是，心里知道，这种安稳不会长久。一年之后，我们的生活便陷入了窘迫中。我跟孩子的爸爸经常为了钱闹别扭，甚至吵骂。公婆亲戚都劝我回上海去，把生意做好。然而我已经不想再回去了。上海，给了我梦想，也让我因为男人而伤透了心。最重要的是，我要陪孩子读书。孩子，才是我看得见摸得着的梦想。

我开始自谋生路。

我开过饭店，但因缺少经验，后来饭店破产了，还欠了债。再后来，给人送啤酒，做兼职文员，做家政……时光很艰难，但我还是一天天地捱了过去。还好，我看见了回报：2010 年，儿子以高出一本线五十分的成绩，顺利考入上海一所理想的大学。上海，这个他乡之地，总像宿命一般在不远处等着我们。我的离开，换来的是儿子的复归。

2011 年，从家庭的长远计议，我不得不丢下读高二的女儿，去了上海，挑起了生意的重担。那以后至今的这些年，我一直在上海，风里雨里，独自默默地接受着来自生意的、生活的、情感的历练和洗礼。我说不清这些年里，我得到了什么，又失去了什么。人在他乡，只要是平安的，大概就是最大的收获、最大的满足吧。

二十年，我在他乡生活二十年了。这二十年，是人生中的金色年华，有泪水，也有喜悦。总体说来，人在他乡还好吧。很多坎坷，经历的时候，很难。经历过了之后，再回头看看，也就风轻云淡了。这也算是一种收获吧。

是的，总体还好。如今孩子们都完成了学业，有了自己生存的门路。我呢，依然在上海的某一条河边忙碌着。生活越来越繁琐，写作的时间越来越少。生命，就是在这种庸碌中一天天耗下去。如果说这二十年异乡的日子还没有白熬的话，除了孩子，那就是我将要出版的小说集和散文集，这也算是我这些年来做的很有意义的事吧。

但我依然会于晨昏之时转过身去，遥望故乡。那是生命中的一种本能，无法抗拒。

二十年前，姑姑送的那个印着红花的大号搪瓷茶缸，我至今还保留着。一个人的时候，经常会对着它凝神沉思。有时候觉得它是空的，有时候，又觉得它装满了东西。

目　录

第三辑　凡人俗事

第四辑　山水田园

第五辑　饭店百味

第六辑　此情难忘

第一辑　世间亲情

那一片麦地

麦子黄了。每当大地开始传播这个信息的时候，那一片麦地，就像珍藏已久的画卷，在记忆中徐徐地展开，厚厚实实地铺展在我的梦魂里。历经几十年，依然清晰。

画面上遍地金黄，麦浪滔滔。娘、姐姐、弟弟和我，还有麦田中那些此起彼伏的草帽，都和麦子混在一起，被大地结结实实地拥在怀里。麦香弥漫，骄阳当头，我们都像被装进一个大蒸笼里蒸着。无论你是抗议，还是心甘情愿。

在我的记忆中，大人们是心甘情愿的，甚至满心欢喜。

那天清晨，迷迷糊糊就被娘叫醒。睁开眼，院子上空还有依稀的星星，身上的旧毯子被凉凉的露水湿润。尚未来得及伸一个懒腰，娘便递过来一把镰刀。娘说，走，连不蚂蚱都能啃掉两棵，你们都给我下地帮娘割麦子去。多挣点工分就能多分点口粮，这么多张嘴要吃饭。

踏着野草上清凉的晨露，伴着鸟儿和青蛙鸣唱，娘在前面用粪箕背着镰刀、磨刀石和草帽，手里拎着军用水壶，像将军一样昂首阔步地走在前面。我和十二岁的姐、八岁的弟揉着眼睛打着哈欠跟在娘的后面，向那片名字叫做“老宅子”的麦地进军。

“老宅子”的名字也不知道是哪朝哪代的先人留下的，那里土地肥沃，得风顺水，是庄稼的风水宝地。刚到地头，就听到了“唰唰”的割麦声，麦地已经热闹起来了。娘让队长多量了几垄麦子，便弯下腰甩开镰刀奋力追赶前面的人去了。我和姐姐在后面追娘。弟弟捡拾掉下的麦穗，还负责帮我们往前挪水壶和磨刀石。

娘的腰弯得像虾米，起起伏伏，一遍遍向大地虔诚地祭拜。她黝黑脸颊上的灰混着汗江河横流。低头的时候，那污浊的汗水流下额头，奔向眼睛，抬起头来便顺着下巴摔落，落在脚下的泥土里，仿佛“嗞”的一声被吸干。

娘好像已经习以为常，等那浊汗流进眼里时，她只是随意用袖子一抹，好像拨开我们孩子顽皮的小手。娘抬眼望着前面麦子的时候，我发现和看我的眼神一模一样。那深沉的心事让我们读不懂，只看到了娘的豪迈。娘探下身来，右手的镰刀往前一伸，揽过一大把麦子，用左手握住，镰刀在麦根处顺势一拉，“唰”的一声，麦子乖顺地俯向了娘的怀里。娘再麻利地伸刀揽下一把，从右向左，一刀一把。娘连续割够五六把才放下怀抱里的麦子，紧接着去割下一抱，不歇气也不停留。

姐姐模仿着娘的样子，在后面努力追赶，瘦小的身子时不时被淹没在麦浪里。虽然卖力，但麦穗撒了一地，麦茬又深又乱，怎么也追不上娘。凝神观望了一会儿，姐姐突然发现了秘密，娘的刀比我们的快！我去跟娘换一下。兴奋的姐姐喜上眉梢，谁料她“哎哟”一声，砍到了手指。血从姐姐的手上迅速地流了出来，姐姐扔了镰刀用右手捏着，没敢吭声。娘跑过来，用牙齿从旧褂子门襟的里子上扯下一条布，帮姐姐包扎起来。娘说，早就料到了，故意不给你磨刀的，不然就砍到骨头了。

振奋人心的是爷爷适时送来的早饭。白面贴馍、梅干菜、青椒蒜泥，还有一盆面汤。梅干菜是自家门前栽的芥菜，春天砍了腌了焊了晒了，那一小片地正好不耽误做打麦场。青椒和大蒜都是自家园子里刚取的，清香诱人。我和姐、弟迫不及待地扔掉镰刀，往地头的池塘跑去。池塘边的茅草嫩绿嫩绿，五颜六色的野花顶着露珠，散发着淡淡的清香，还有蓬蓬勃勃的刺槐树护在两岸，让人心旷神怡。姐姐的脸脏了，眉毛更黑了，鼻孔里有两团黑黑的东西随着呼吸进进出出。姐姐对我说，你的脸也是。大人们把那黑东西叫做麦锈。我们的胳膊上腿上都布满了麦锈。池塘里的水清凉清凉，用手捧起一把往脸上一抹，麦锈不堪一击，变成黑黑的水浆滴进塘里，一阵舒爽随风袭来。

把一块贴馍从中间扒开，里面夹上咸菜，抹上蒜泥。贴锅的那一面焦黄香脆，用嘴一咬香辣可口，一直香到魂魄里。大人们很吝啬，一年中，只有麦收和过年这两个时段才给吃白面馍馍。那时候怎么也找不出能比那再美味的东西。娘在旁边看着心疼地说，别噎着，像刚从牢里放出来一样。肚子吃饱了，可嘴巴还不甘心。不大一会儿，馍篓子空了，一盆面汤传了两个回合也见了底。娘吃完饭一刻没停，接着又钻进麦海中。

吃饱了饭，才觉得腰酸腿疼。姐姐摸起了镰刀，我却不想动弹了。仰躺在放倒的麦子上，让腰成为一个拱形，腰酸似乎得到了缓解。太阳不分轻重地照了下来，脸上火辣辣的。所有的期盼都随着一顿早饭结束，反复重复着这遭罪的动作，有些心灰意懒。看着姐姐在努力模仿着娘，慢慢地有些像模像样了，心里并不赞赏。姐姐老实听话勤勤恳恳，天生是娘的翻版，可我不愿意那样。娘的全部希望，就是孩子和麦子。而我的希望五彩缤纷，娘看不到，也摸不着。娘不会懂我，就像我不会懂她一样。拿起镰刀割几把，累了再坐一会，浑身像被麦芒扎一样烦躁不安，十分难熬。

想回家，想深井里刚打的清澈井水，想岸边长满芦苇的鱼塘，想塘边老榆树下厚厚的阴凉，想园子里半生不熟的西红柿，还有娘挑水栽的两畦黄瓜。在家的时候，每天去瓜地翻找多遍，连娘用小棍子插在旁边留做种子的老黄瓜也不能幸免。气得娘在后面骂，人家说“饿死爹娘也要留住种粮”，你们这些馋嘴的东西，连黄瓜的“老子”“孙子”都不放过！还有屋后那颗被大人叫做“麦黄杏”的人树，麦子黄的时候，树上便挂满了黄澄澄的杏子。我和姐姐弟弟经常合作。姐姐脱了鞋子，往手上吐一口唾沫，两手搓了又搓才开始攀爬。我托着屁股弟弟托着脚，吃力地把姐姐送到树丫的地方。我递竹竿，弟弟在下面铺好麻袋仰着头往树上瞧，眼巴巴地等着杏子落下来，最好是能掉在嘴里。有一回，姐姐下树的时候没抓稳，一屁股坐到了树下的尿罐上。娘的尿罐被压成了几瓣，痛得龇牙咧嘴的姐姐还是没能逃过娘的一顿臭骂。

麦地里的大人们仍然忙得热火朝天。弟弟乖憨地坐在麦秸上，小脑袋上顶着大草帽，在烈日下可怜巴巴地皱着眉头，脸上极尽失望，汗水顺着脸颊往下流，最后也变成了黑水从尖瘦的下巴上滴落下来。娘说，太阳还斜着呢，人家都在割，咱不能落后。透过斑驳的麦锈，能看到娘的胳膊上布满了麦芒的划痕。姐姐说，你俩再忍一会，把水壶里的水喝完咱就回家。我和弟弟立即有了盼头，轮番抱着水壶喝水。等娘口渴了回头来喝水时，水壶早已底朝天了，地上还洒了很多。娘喘着粗气大骂，懒驴上套不屙就尿，都给我滚回去！

回家是轻松的。沿着草路，东一把西一把扯了些嫩猪草装在粪箕里，偶尔也捡拾路上掉下的麦穗。快进村子时，很快融入一群玩伴当中，和他们一起，跟在牛车后面哄抢从车上掉下来的麦子。路面上一个坑洼、路边一棵大树都会“帮助”我们从车上弄掉下来一些麦子，让我们兴奋得一哄而上。每每牛车快接近坑洼或走近大树下时，伙伴们就做好了哄抢的准备，乐此不疲，心里希望那条路都是坑坑洼洼，永远走不到头才好。

十三岁那年，土地包产到户，“老宅子”其中的一部分成了我家的承包地，娘像是得了一块大元宝。娘那时英姿勃勃，终日奔忙，像照顾孩子一样精心侍弄她的土地，耕种、锄草、施肥、浇水、喷药……身上总有使不完的劲儿。麦子黄的时候，秸秆稠密颗粒饱满，饱满得像娘的笑脸。一到收麦子，我和姐姐弟弟就成了主力军，在爹娘的指点下满心都是长大成人的表现欲。白面馍馍不仅随意吃，忙时还可以吃上土豆烧肉、鸡蛋汤。土屋换成了新瓦房，家里添了新电器，身上的衣服也有了花样，像日子一样色彩丰富起来。历史悠久的牛车识趣地下岗了，被拖拉机替换了下来。曾“唰唰”生威的镰刀，在庞大的收割机面前自惭形秽，也悄悄躲到布满尘垢的角落无人问津了。

季节轮番交替，麦收周而复始。我和姐、弟均已成家，生儿育女。像那块“老宅子”地一样，承担着风雨旱涝努力地付出，将父母的血脉传承。而我娘，却像是脱了粒的麦草，她的身姿渐渐佝偻、倾斜，额头皱纹多了，头发白了，走路也不再昂首阔步。但娘的脚步却没有停止过。娘来到这个世界，好像歇下来就是一种罪孽。

在我而立之年的时候，带着那色彩斑斓的梦想，怀着追梦的心情告别了那片麦地，告别了固守麦地的娘。我们像蒲公英一样飘到了远离故土的城市，变成了钢筋水泥中的一粒沙尘。关于麦子的事，多年来只是听说了。除了春节，平时几乎没有回去过，更没有在麦收的时候回过老家。

“老宅子”里的那片麦地，总会在有意或者无意间想起。疲惫的时候，好想回到故乡，在自家的地里坐一坐，甩掉挤脚的高跟鞋，到池塘里捧起凉凉的水，洗去心灵的尘灰，再放开喉咙唱一曲他乡人不以为然的黄梅戏，沿着草路捡拾着麦穗一路嬉戏走回家去。

然而，有的事，再也无法找回了。如今的麦地是什么样子，只能凭空想象。但我深知，当年的场景，只能定格成一幅画卷收藏在心底。无法找回的，还有当年的姐姐、弟弟和娘。

我那高大帅气的弟弟，随风飘到了另一个城市，没能等到收获什么，却被一场大火无情地吞噬了。在离生命出口只有十几米的楼梯上，弟弟被人发现，虽已面目全非，却还是保持着奋力往下爬的姿势。我把那种姿势想象成回家的姿势。在遇难的三十几人中，父亲在弟弟跟前停了下来，量了量弟弟那焦黑的手掌，又量了量他的胳膊，点了点头说，这个就是我儿子。一路上穿山过水，不停地呼唤着二十八岁的弟弟跟我们回家。在弟弟的骨灰盒捧回家的时候，我娘停止了忙碌，她疯了。娘痴痴傻傻，在别人的嫌弃与白眼中吃了十几年的闲饭。那天，谁都不知道娘要出去寻找什么，在老房子门前的乱石堆上摔倒，一觉睡去，就再也没有醒来。

人和麦子一样，都只是寄生在大地上的卑微物种，在无力抗争的灾难面前是那么孱弱。人活一世，草木一秋，娘活着的时候常说这句话，看似淡然，可是自己却没能扛得住。把娘送到那片麦地的时候，初春的麦子刚刚返青，以一派蓄势待发的姿态，接纳了我娘的回归。娘和弟弟，匆匆走完了自己草芥般的人生，安详地融入了泥土中。那片土地，成了娘和弟弟久居的“老宅子”。

我那凡俗一生与世无争的姐姐，像娘一样起早贪黑侍弄土地，侍弄麦子，侍弄儿女，劳苦半生。而上苍却不曾施舍她半点恩惠，今年春天，就在麦子开始返青的时候，姐姐被医院宣判已是肺癌晚期。四十多岁的她，带着许多未了的心愿，在无助中等待着死神一天天靠近。

大地又发来信息，麦子黄了。我回了老家。那天清晨，我搀扶着姐姐，沿着当年的草路，走进了“老宅子”，走进了自家的那片麦地。当年刺槐掩护着的池塘已经干涸，塘边没有了野花野草，刺槐树也没了踪影，它们的地盘全被麦子占领。放眼望去，麦浪翻滚，金波荡漾。远处，不见了此起彼伏的草帽，没有了人声和镰刀的唰唰声，只有机器轰隆隆地响着，飞扬跋扈，威猛嚣张，好像要把割麦人永远从大地上淘汰。

弟弟和娘，就在身旁，被欢快摇曳的麦子掩映着，亦无声无息，默默地伏在大地的怀里酣睡。

父亲与狗

在老家的医院里，小心翼翼地照顾了父亲几天。切除阑尾，不算是大手术，几天后便可以出院回家休养了。出院时，不管父亲迟疑犹豫，强行打车把他从医院接来我所在的城市。一来可以顾家，二来父亲的家实在不堪，城里的条件好，好好尽尽孝道。父亲痊愈后再送他回家，两不耽误，也让父亲在乡亲面前有点面子。

可是，父亲好像不领情，人在我家，心却念念不忘他的家。其实他的家，因母亲已经不在了，被他弄得不像样子。而在我的新家里，他却总是坐卧不安。我有点生气，便问他，在新家不习惯吗？父亲咧咧嘴，嘿嘿一笑，有点。我揶揄父亲道，没有你家舒服吧？往哪里一躺都是窝。父亲挠着头，现出了难为情的样子。我说，你就安心在这里待着，哪儿都不要去。父亲说，闷。我说，闷了你可以看电视，看电视还是闷了，你可以趴在窗口往外面看风景。你看那大街上车来车往、人来人往的，还不能为你解闷？

父亲于是不看电视，只在窗口看风景。前两天还好，第三天父亲就有了怨言。他看到人行道上有人遛狗，回身就叹了一声，跟我说，他想家了。我说，家里就您一个人，您到底还惦记谁?

父亲说，惦记着狗。

也是难怪。的确，父亲家里的活物，除了他自己，还有和他一起生存的狗，几只下蛋的鸡。老母鸡自己能觅食，有了蛋自己到窝里屙掉，倒没什么可牵挂。父亲说，家里有八条狗，一条母狗刚生了六条小狗还没满月，还有一条半大狗。你说，作为主人，擅自离家，回去了狗会如何看他?你别拿狗不当一回事，狗通人性，你对它怎么样，它心里都有数，就差不会说人话了!

我觉得老父亲说得有趣，就开父亲的玩笑，说道，你说的也不尽然。你是喜欢狗的，也有很多人并不喜欢狗，你没听到人们常说，狗仗人势，狗眼看人低，狼心狗肺?哪一句是表扬狗的?父亲一瞪眼睛，说道，你话不能这么说，狗不仗人势，还有狗的活命么?那些干坏事的人，不是狗娘养的，难道还能是狗奶奶养的?你看看，这世上又有几个人比狗忠诚，在主人不在家时，自愿守着破屋门，饿死都不走的?

父亲这一说，竟让我一时语塞，无言以对。是的，是的，您老人家说得对，你说的是放之四海而皆准的真理，好了吧?得了，您先坐下，喝一口水，顺顺气，别气出个好歹来，您闺女可担待不起。我这就给你安排狗的事。

安顿老爷子坐下，我就情急生智，给老家的邻居家打了电话。我让邻居关心关心父亲家的狗，每天吃剩的饭菜或馒头之类的，往院子里扔一点。这事情安排好了，父亲坐在沙发里，闷着头喝茶，再也无话可说。

本以为父亲可以在我家安心过上一段时间了，没想到只过了一个星期，我就听到了父亲的长吁短叹。父亲还是坚持要走。我说，您的伤还没好透，我这边还有两个读书孩子，又不能回去陪您，您到家指望谁？父亲说，不要你管，我不干重活，轻来轻去地弄点饭吃，我自己行。想吃什么，隔壁邻居上街给我带点，没啥为难的。在你这里住，我闷得慌！我说，你这么急吼吼地回家干什么？父亲说，我放不下狗崽子。也罢！看样子，如果再坚持下去，父亲不仅伤口好得慢，说不定会急出别的病来，还谈何孝顺？无奈，只得护送他回家。

“父亲的”村庄，我已经好久没来过了。儿时和玩伴们在村庄里东奔西跑、捉迷藏的情景似在昨日，可是现在那些玩伴都去了哪里？庄子寂静，树叶浓密，鸟雀哑然，人烟稀薄。近乡情更怯，曾经熟悉的村庄已经陌生，父亲庭前院后的杂草蓬勃旺盛，映衬出一派荒凉。一别多日，在打开院门的一刹那，两条狗猛扑过来，一条前爪抱住父亲死死不放，一条不停地舔舐父亲的衣裤和鞋，它们的鼻腔里还发出“呜呜”的声音，就差没问出“你这段时间到哪儿去了？”接着，后面跌跌撞撞地跟来了六只胖嘟嘟的小狗崽，都争先恐后地围上来，摇头摆尾欢闹地舔舐着父亲。

父亲也喜欢得不得了。一路无话，现在却像没有病痛的好人一样，在狗们跟前蹲下来，幸福地抚摸着狗头，把狗崽子们一只只抱进怀里亲热一下，又一只只放到地上去。

父亲的家，多日没有调理，确实凌乱得不像样子。我皱着眉头洗刷一番，才准备烧火做饭。到压水井边打了一桶清水，拎到屋里准备洗菜，那条母狗竟顺口在桶里喝起水来，嘴巴刚好有水桶高，喝起来倒是方便。看了看它的样子，瘦骨嶙峋东倒西歪，身上因脱毛像长了秃斑一般，看起来让人恶心。置身这种环境，我终于还是心烦气躁起来。我抬起脚准备狠狠地冲着母狗踢下去，却又不由自主地停了下来。我看见两只小狗崽跟了上来，仰头在母狗肚子底下吃奶，前爪扒着母亲的乳房，嘴巴拼命地吧嗒着。母狗顺势乖乖地躺到了墙边，几只狗崽一拥而上，争抢着在母狗胸前撕扯起来。母狗疲惫不堪，默不作声地躺在那里忍受着。我的心忽然疼痛起来。出来不过半日，我突然惦记起我家里的那两个“崽子”。我想这种疼痛感，大概就跟父亲惦记着他的一窝狗崽子一样吧。

不敢想象，半个月无人照料，仅凭邻居在忙于抢收花生期间有一回没一回地扔两个馒头，倒一点剩饭，六只小狗居然被养得毛茸茸胖乎乎憨态可掬。这母狗真是有本事啊，真是狗类中的好母亲啊。

回过头来，由心疼父亲就变成了迁怒父亲：“您是老糊涂了，人都养不了，还养这么多狗干什么？”父亲说：“它们不吃好的，只要有馍馍就行了。”“馍馍也要粮食啊？家里弄得这么脏，这是人待的地方吗？您分明是不想让您闺女回家来！”父亲显然看到了我的气愤，嗫嚅着说：“等我病好了，就把小狗送人，再把母狗……也送人吧。”真是越说越糊涂，我对父亲嚷道：“狗没有错，是人的错！您根本就不该养它们，养了又扔，这是狠心，是不负责任！”曾在电视新闻中看到一些关于流浪猫流浪狗的报道，主持人曾批评那是人们“不负责任”所致，此时在父亲面前用上了，不管他是否听得懂。

父亲沉吟良久，说：“不是我想喂狗，从你娘走了以后，我一个人闷得慌，就养了条狗陪我打打岔，可当时不知道是条能下崽的母狗啊。”我的心又疼了一下。最后我指着那条半大狗问：“那您还嫌不够？怎么又喂了这条狗？”父亲说：“那是你四婶家的，她去外地照看孙子了，就托给我照应，不好推辞啊！”

我说：“那你养着这些狗，打算怎么办呢？”

父亲说：“还能怎么办？不能扔，就得养着。谁让它们跟了我，有我吃的，就有它们一口。”

我再次无言。父亲说的也许是对的。所有的生命都是平等的，都是值得尊重的，面对生命，面对亲情，面对那几只活蹦乱跳的狗崽，我还能说什么。

我尽心尽力照顾着父亲，就像父亲尽心尽力照顾着他的狗。过了两日，我又不得不匆匆回城，因为我家里那两个“小崽子”，我实在放心不下了。父亲也催着我走，他说他挺好的，自己会照顾好自己。

父亲送我出门的时候，夕阳已经西下。庄子依然安静。偶尔有一两声狗叫，那发自父亲家的狗的嘴里。我忽然明白父亲为什么要养狗了。父亲养狗，不为卖，不为杀了吃肉。父亲养狗，只为听到狗叫声。狗的叫声，是村庄的歌。一个村庄有了点狗叫声，这村庄就还活着，不至于寂寞。

我回头看看父亲。父亲向我挥着手。父亲的旁边有两条狗，其中一条汪汪地叫着，我实在分辨不出，它是在骂我，还是在呼唤我回来。

年味，娘味

没有了娘的新年，该来还是来了。鞭炮声此起彼伏，飘进窗子，越来越清晰，年越来越近。油锅里的圆子在翻滚，随着漏勺的摆弄“滋滋”地下面泛着白花，承受着煎熬，把自己熬香，供别人享用。这让我更想我娘。

记忆中的“年”由穷到富有简有繁，过了一次又一次，把蹒跚学步的我推到了历经沧桑的中年，把聪慧能干的娘送进了永久沉睡的墓地。几十个“年”，还有几十年中的日日夜夜，细细回味，娘都是在岁月的油锅中煎熬自己。

记忆中，娘的身影永远都是灰蓝色，娘的手总像裂了皮的枯树枝，从没好看过。然而，有娘的“年”却是色彩斑斓，热热闹闹。过完腊月二十，听到我家猪的嚎叫，就算跨进“年”的框框内了。我家每年都养猪，娘养猪像照料孩子那样细心，经常给猪挠痒痒，摸摸猪耳朵量体温，冬天垫干草，夏天换凉水……猪的食物，是吃剩的芋头皮和刷锅水拌上芋头叶子碾成的糠。娘说猪不吃昧心食，你给它多少它就还你多少。长够一年，正好够磅。卖猪是娘最难过的时候。等买猪的汉子们准备好绳子、杠子和大秤，娘就唤猪出圈，边唤边轻轻地抚摸着它的脊背。家里传来猪的哀嚎声时，娘便躲在远处的柴垛旁悄悄地用粗糙的手抹泪了。当肥猪被抬上板车拉走的时候，娘仍在后面“啊啰啰啰”地唤个不停。娘说卖猪的时候唤唤，下次喂猪能长得快。卖猪那天，我们能美美地吃顿猪肉，尽管那时的猪肉几毛钱一斤，但平时吃不上。添置完年货，剩下的钱过完年后买猪仔、还债、交学费、打发日子。

腊月二十三过小年，天还没亮，娘就忙着切芋头丁、剁萝卜馅儿，张罗着蒸馍馍。一大盆发面放在被窝里，揪一块下来在桌上揉，剩下的再拉被子盖好。风箱呼呼地拉，馍馍一笼一笼地蒸，从早到晚，没完没了。家里的笆斗、篮子都派上用场，还在蒸。到最后还要蒸两锅杂面的，一锅给大人吃，另一锅没馅儿的，留到大年初一犒赏家里的牛。“打一千，骂一万，初一五更吃顿饭”，老辈传下来的规矩。那一整天不烧饭，饿了就随便拿着吃。随你吃多少，拿了就走，但娘不许多说话。小孩嘴巴没遮拦，说话犯忌讳，娘怕冲了财气。

接下来就该熬糖了。娘也是五更头就起床，把洗净的一大筐芋头剁开，放到大锅里加满水，拉着风箱使劲烀。每到这时，小孩子又高兴又害怕。高兴的是马上有好东西吃，害怕的是娘让我们帮忙烧锅。娘忙不过来，逮着谁就要谁拉风箱，实在使唤不动，娘就把我们姐弟几个按时间分派，轮换着拉。八九点钟的时候，烀烂的芋头糊加些水、掺进捣碎的大麦芽，搅匀后装进细布口袋，在缸口放上木架，把糖汁挤压到缸里。忙完这些程序，天已经晌午了。娘把糖汁重新舀进大锅里，继续熬煮。傍晚时分，糖汁才熬成糊状。娘拿筷子抹一下，随即打两个转，糖条像龙盘柱一样盘在筷子上，让小孩拿到外面风口去吹凉。看看能结块了，风箱便停了，拉风箱的小孩如释重负地跳着跑了。一个摊开面粉的大笸箩早摆好在案板上，面粉被娘扒拉成一个个圆坑，锅里的糖糊刮出来，倒在面坑里。糖糊往四周自由扩散，形成一个个黑乎乎的糖刮子。凉了，一敲就碎。糖熬成了，但不许放开量吃，初一早晨娘要粘糖——把炒熟的面粉、芝麻、花生以及米做成糖卷、糖条、糖块、米花团。

娘有很多拿手活，过年都能用上。用细秫秸杆制作锅盖，细麻绳嘶啦嘶啦上下翻飞，秫秸杆粗细长短上下两层分配均匀，最后用一根杆子定在正中央做指针，用刀顺着指针切一周，一个轻巧、结实、美观又通气的锅盖就出来了。缝好一个再来一个，过年用场多。馍篓子是用麦秸扎成的，把麦秸一束束握成圆形，用麻绳一圈一圈往上叠加，最后干净利索地收好口，配上个鼓鼓的盖子，上下尖尖肚子圆圆，精巧得像个花鼓。用脱完粒的秫秸穗杆扎箈帚、扎刷帚。自家用不完的馍篓、锅盖、箈帚，爷爷背着赶年集，背着走亲戚送邻居，把年味背到了街头巷尾，背向了村口路边。

大年初一，娘把做好的食物全部端出来，给自家人吃，给串门的大人孩子们吃。吃完早饭孩子们都在嬉闹，娘就开始睡觉。不许扫地，不许泼水，总之不许干任何活，只许玩。娘说年初一要是忙着干活，到忙天就会生病。娘牢牢地信守这个规矩，这也是娘一年中唯一的一天假期。

娘最爱说的一句话：穷忙。说得没错，很穷，也很忙。穷的日子，被娘忙得有滋有味。后来富了，过年还是忙，好像只有“忙”，年才过得红火，才有年味。忙是忙，但为了守住她的年俗，娘没少费心周旋。有时候要赔着小心，逼急了就态度强硬，想着法儿绕着弯儿与这些忘本的年轻人对抗。有一次我问娘：过去的人那么多讲究，怎么都还那么穷呢？娘一时语塞，抓起刷帚就追打我：就你这死丫头比人能！

娘忙到了五十岁，忽然不忙了：我那二十八岁的弟弟，在外地打工时不幸葬身火海，一米八的大个子，换成了小小的骨灰盒，被父亲千里迢迢捧回了家。直到捧着骨灰盒摇晃着娘让她哭两声弟弟时，竟发现她“无动于衷”了。从那以后，就再也唤不醒娘了。虽多次治疗但不久仍会复发，每天唠唠叨叨自言自语，没人听懂她在说什么。她完全沉浸在另一个世界，不知人世间的喜怒哀乐。吃了十来年的闲饭，娘走了，就在去年。走时，没有人知道。一觉睡去，就再也没有醒来，任凭怎么呼喊，她不睁眼，也不出声，连一声呻吟都没有留下。

娘去了我们找不到的地方。握住娘逐渐变凉的手，望着娘那小时候经常紧贴着我们的额为我们量体温、在那一刻却失去血色的额头，这才慢慢地想起娘的苦难与艰辛。我在娘的床前深深地跪了下来……我给娘换了一身红绸缎衣裤和鞋子。我娘又做了一回美丽的女人——从没有穿过光鲜衣服，记忆中的娘的身影永远是灰蓝色。而今的孩子，更不知外婆曾经聪慧、美丽过。柴灶前、池塘边、园子里、田埂上、火热的打麦场上、昏暗的煤油灯下……只有娘的幻影在闪烁、飘动。

没有娘的年，还是要过。按规矩，我家三年内不能放鞭炮，不能贴春联。学娘的样子，烀肉、炸圆子、包饺子，操办着过年，但也删去了娘的许多习俗。一个人辛劳、孩子们视而不见还挑三拣四的时候，很想娘，超乎寻常地想，想得泪水扑簌簌往下落。

在街上遇到芋头熬成的糖刮子，尽管价钱超出那时十几倍，我还是有点想买，但又担心回去粘不好芝麻花生。犹豫间，女儿赶了上来。女儿说，妈妈你真老土，到街上什么糖买不到啊！说着扯走了我。

孩子啊，带有娘味的东西，能买得到吗？

唯有捧一把纸钱，端一杯水酒，跪在娘的坟前，心里一遍遍默念，哀悼这个我一生中最对不起的人。

年，还在一次一次地过，可是娘，去了就不回来了。

『钩』起往事

老屋老了。风吹雨淋，屋梁微微下弯，像父亲越来越弯的脊梁。

父亲的老屋，除了父亲和他的狗，已不再有别人来住。时光不会考虑你的感受，它一直往前走着。遥想从前，我们一家好几口人生活在一起，那时的时光柳暗花明，贫穷固然贫穷，但是有着一家人在一起抱团取暖，那也是贫穷中的幸福吧。现在也还是柳暗花明，只是屋子已经老去，家人有的去了城里，有的去了天堂。那房子空了，那房前屋后的树荫更加苍茫、浓厚了。时光堆积，只有蜜蜂来嗅。

父亲的老屋里，那挂在屋梁上的铁钩子还在孤单地垂悬着，悬在桌子上方的半空中。那是个 S 型的钩子，它已发黑生锈，看起来，它的年龄比我大，或者比我的父亲、祖父都大。它就那样垂悬着，不动声色地存在着，像残留在旧时光里的一个抽象的隐喻。它显得寂寥。因为它早已完成了旧时代赋予它的使命，我们有许多年不再碰它了。

然而记忆依然清晰地存在。从我记事时，那钩子便悬在我家的屋梁上，扮演着讨好大人、却让我和姐姐弟弟憎恨的角色。

那三间草房是那么高，钩子也是那么高，父母亲和爷爷都是那么高。钩子是爷爷亲自挂上去的。他们利用“高”的优势，平时把一些剩菜、剩饭、荤油……以及所有能吃的东西都装进竹篮，悬挂在屋梁中间的钩子上。过年的时候，篮子里的内容就多了起来，花生、瓜子、山芋糖、熟猪肉……统统地挂起来。做完这些后，感到万无一失的大人们便安心地各自忙去了，不管我们馋得盯着篮子流口水。

我们那时不懂得什么叫细水长流，也不知道吃了这顿还要顾下顿，对那个钩子的怨恨，就在那一次次眼巴巴的渴望中产生。怨恨久了，对抗也就自然而然地萌发出来。

想到对抗的是九岁时的姐姐。我们经常坐在小凳子上往头顶看着。头顶就是高高悬挂着的篮子。我们知道那篮子里都是好吃的东西，可是偏偏够不着，那肚子里的馋虫被一次次地勾出来，我们也一次次地往肚子里咽口水。姐姐觉得总是这样，太难受了。她于是趁大人外出，找来了一个瘸腿的高凳子，上面摞上一个小凳子。地面坑洼不平，凳子摇摇晃晃，姐姐胆战心惊地站上去。我和弟弟一边一个扶着凳子。姐姐的腿一弯，我和弟弟的腿也会跟着一弯。姐姐说，你们扶好。其实我们扶得好好的，手心都出汗了。

姐姐的手终于沿着篮子边缘伸到篮子里去。她第一次抓出来的是一个碗。我和弟弟满心欢喜，心想总算等到好吃的了。可是姐姐把碗底翻了过来，那碗原来是空的。姐姐没有气馁，似乎很不满意的样子，两只羊角辫子都气得竖了起来。她再次把手伸进篮子里，这回从里面端出了盛荤油的粗瓷碗。她小心翼翼地转交给我，我再小心翼翼地把油碗放到低矮的案板上。我们从饼篓子里每人掰了半块杂面饼，姐姐给我们和她自己每人饼上抹了点荤油。完事以后，三个人再合伙把篮子弄好。

抹了油的饼子真是香啊！那是猪油，白花花的，真香啊，吃得我们姐弟三个满嘴是油，吃完了还想吃。但是姐姐机灵，她说不能吃了。抓紧把嘴巴抹抹，这事不许给娘讲，谁讲谁是小狗。我和弟弟像完成一个重大的承诺似的，对着姐姐认真地点点头。舌头还在不住地舔着嘴唇。我们以为这样已经确保天机不会泄露了，可是到了第二天，姐姐还是被娘狠狠地打了屁股。

好长一段时间里，我都没搞明白娘怎么就知道我们的“秘密”了。后来我问过姐姐。姐姐翻了一下白眼，说，你傻呀，荤油碗里留下了一个洞，娘看不到吗？

原来如此。我们后来就对那个铁钩子敬而远之了。但是不久，生产队里累死了一头牛，大人们都去队里分牛肉。我们又开始看着那高高的铁钩子垂涎欲滴了。我记得事情大致是这样的：我们家分到了一块大大的熟牛肝，我和姐姐眼睁睁地看着爷爷像揣元宝一样把熟牛肝放在怀里揣回了家。我们心里开始有了“念想”，惦记着那块香喷喷的东西，盼望大人早些回家做饭。

一直盼到天黑，娘才收工回来。那牛肝被娘切下了一半，剩下的一半又放进了竹篮，高高在上地挂了起来。留下来的那半块牛肝被娘切成了薄片，掺上粉丝大白菜，烩了半锅辣乎乎的汤，又贴了一锅玉米面饼。我们吃得那叫一个香，头上都冒汗了。一会儿，大黑铁锅就见了底，饼篓子也空了。肚子饱了，口中的香味却不愿散去，在唇齿之间来回萦绕，百般难舍。

第二天，趁父母亲上工抬塘泥的空，我便照着姐姐的样子，来个“如法炮制”，爬上了凳子，他们在旁边帮我扶着。我的力量没有姐姐大，我想托举起篮子，又害怕弄翻了碗里的油，只有把手伸进篮子，从边上摸到了硬乎乎的牛肝。拿到手上，忍不住放在嘴里咬了一口，咬完后又递给姐姐，他们俩轮番咬了一口又递给了我。嚼得正香，爷爷回来了。姐弟看到事情败露，吓得放开我撒腿就跑，凳子晃了两晃，“咚”的一声倒下来，我的后脑勺重重地碰到地上。

那是我自从有了记忆之后，第一次强烈得让我记住的疼痛。那是童年的磨灭不掉的记忆，为了自己的肚子，为了满足对鲜美味道的渴望，为了一条小命在童年的时光里活得有声有色一些。

我记得我当时控制不住地哭了。我哭出了第一声，回气时，牛肝渣倒回来堵住了我的喉咙，先憋得满脸通红，再呛得涕泪交流，咳嗽得说不出话来。爷爷原本是要打我的，看到我这个样子，竟然也吓得手足无措了。

隔壁的二大娘闻声慌忙赶来，边捶前胸抚后背侍弄我，边责怪爷爷：有东西就是给孩子吃的，藏起来干啥？吃光了就不惦记了。爷爷说，哪有小丫头这么淘气的？好吃嘴，长大了嫁到婆家也是给娘家丢脸！大娘说，丫头也是人，长大了丫头小子还不一定哪个中用呢！后来真是应验了二大娘这句话，爷爷逢人就说，小丫头也中大用，不能慢待，幸亏小时候没被牛肝噎死。

把我安抚好，二大娘才捡起地上沾满灰尘的牛肝，舀了一瓢水洗了洗，劝我说，乖，不哭了哦，晌午叫你娘都弄给你们吃掉。

那天晌午，我和姐弟都没挨打，倒是听到娘和爷爷吵了起来。娘说，你要是把孩子吓个好歹怎么办，值吗？爷爷说我没吓唬她，是她自己摔下来的。是的，不能怪爷爷，都怪我没有姐姐运气好，我为了偷吃一点牛肝，差一点要了小命。那块牛肝后来全被娘切了，掺粉丝白菜又煮了半锅。我们吃得肚子滚圆，可是大人们一顿饭好像都没笑过。

从那以后，有好吃的娘不再藏了，但有时还会挂在钩子上。因为除了堂屋靠北墙的土台子外，没有任何可以存放食物的地方，怕猫狗和耗子偷嘴。但自那以后，大人们把钩子降低了，不用再另加小凳子就能上去。娘还一再告诉姐姐，上去捞东西时一定要放稳凳子，不要摔下来。

十三岁那年，我家盖起了砖瓦房。那钩子被大人们从土屋里扯下来，又悬在新屋中的正上方，但是几乎不怎么用了。我说不清那个钩子为什么一直悬挂着。那是不是对于清贫家道的一种警惕？或者是为了忘却的纪念？然而我们终于被时光裹挟着慢慢地长大了。我们不愿意再过那种铁钩下的清贫生活。我们一个个都离家出走了。我们把对于食物的强烈欲望，放在了城市里，不会再把目光停留在那个高高的铁钩子上了。我和姐姐后来出嫁了，去了城里，弟弟也远离家乡，去了南方打工。那钩子终于没有留住爷爷和母亲。爷爷走了，母亲也走了，现在，小瓦房成了父亲的老屋。在慢悠悠的时光里，父亲和那个铁钩子，常常彼此相望。

春节前，再次回老家看父亲。望着悬在屋梁上的钩子，竟然发现它是这么矮，取东西易如反掌。这些年来，我早已无视它的存在。而在父亲眼里，那钩子却高不可攀了。稍重的东西，患有肩周炎的父亲举不起也取不下，每次操作都气喘吁吁，更不能像我们当年那样爬上凳子。

跟父亲聊起往事，无意间说起了那个布满尘垢、锈迹斑斑的钩子。父亲说，这钩子我是用不着了。现在，父亲有了自己的桌子、柜子、橱子，这些物件各就各位各尽其职，默默地静立在父亲周围，陪伴着孤独的父亲。父亲颤巍巍地站起身来，双手托起那个钩子，把它从上端的绳套上退了下来。

父亲边取下钩子，边唠叨着说，现在的孩子，哪怕想要星星月亮，大人都得想办法去给他（她）捞。有好吃的，眼巴巴地盼着，孩子都不回来，哪个还敢藏啊！

收获的季节

四年前，在那遍地金黄、麦浪飘香的季节，我的一部作品宣告完成。我的心情，像所有辛勤劳作的农人一样兴奋和喜悦。我知道，他是我的得意之作，经过我多年的辛勤培育，终于化蛹成蝶，飞进大学的校门。

带着儿子背井离乡那年，儿子才十岁。来到上海这座大城市，我们做苦工，居无定所。但是，实在不忍心荒废了聪明乖顺的儿子，也不想孩子以后像我们一样搬砖头扛水泥，尽管当时还没有安稳下来，我还是把他接来了上海，并费尽周折，把他送进了上海本地的学校。看着儿子走进了校园，我的心就和后来送他跨进高考考场时一样激动与兴奋，我对上海这个大城市充满了感激。然而，黑瘦的儿子当时没有兴奋，他的大眼睛里充满了恐慌，一步一回头，可怜巴巴地望着我，生怕在这高楼大厦间走失。我也心有担忧，上海固然是人人向往的地方，但是对于初来乍到的我们，上海无疑又是个深不可测的大海。那么我的儿子，他就是我用生命孵化出的一尾小鱼啊，我把他投进海里，他会不会摇摇尾巴，去了一个未知的地方？沧海茫茫，我到哪里找他去？在母子连心般的彼此牵念中，我终于熬到了傍晚。我放下手中的活计，迫不及待地去校门口等儿子。当我在众多的孩子中，第一眼看到那个瘦小的身影，我的眼睛潮湿了。我看着我的儿子用他瘦小的身躯背着一个极不相称的大书包，在人群中四处找我，目光那么茫然而又无助，我的眼泪流了出来。他到底还是在众多的妈妈中，找见了自己的妈妈。他像一只小小的蝌蚪，欣喜地扑进妈妈的怀里，然后紧紧地抓住我的手不放，好像相隔了多少年似的。那大眼睛左一眼、右一眼地看着我，就像生怕找错了妈妈，回不到自己的家里。

许是人生地疏，面对华丽的大都市，儿子并不习惯。他在农村的天地里玩耍惯了，那一草一木，一鸟一虫，都是他的玩伴，那家里的院子，那打谷场，那小河边，都是他的天堂。如今他到了上海，上海对一个几岁的孩子，意味着什么？儿子开始哭，一连哭了几天，他不愿意去上学，他要回老家的学校去。不敢大声哭，憋屈的泪水顺着脸颊一次次无声地流，让我的心感到一阵阵绞痛。从偏僻的乡村，猛然来到这陌生而又繁华的地方，对于一个憨厚老实又没见过世面的孩子，他的恐慌我能体会。但是他哪里知道，同样茫然自卑的我，为了他能够进入上海学校，曾多次去求过校长，曾往返老家几趟，是费了多少苦心才把他转过来。别无选择，只得硬起心肠，每天连哄带骂逼着他去上学。

还好，就像一颗蒲公英的种子，我把他带到上海来，他渐渐地在这个异乡之地生根了——儿子慢慢地适应了学校的生活。

但是现实生活不容乐观。儿子要读书，我们要挣钱。城市生活成本要相对高一些，为了梦想中的雏燕早日振翅高飞，我们作为老燕子，只能不遗余力，四处衔泥。从农村来，我们没有什么技术，除了出卖力气，便再也没有任何在大城市生存的本领了。我和孩子爸省吃俭用奔波劳累，儿子每天勤勤恳恳努力学习，虽然苦，倒也叫人欣慰了不少。到了期末，儿子便在班里脱颖而出，成了品学兼优的好学生，我终于舒了一口气。

平淡的日子，也有让人心酸的时候。

有一次，搬沙袋上六楼，干完时已经累得东倒西歪。路过菜市场，我捏着五元钱，想买点肉。问了好几家都很贵，我就挑一份看上去不太新鲜的肉，怯生生地跟摊主商量便宜一点卖给我。没想到招来摊主的白眼。满脸横肉的摊主瞥了我一眼，他就像夜里被女人踢下了床、白天又误吃了火药一样，对我歪鼻斜眼，说了句我一辈子也忘不了的话：可惜你不漂亮，也不年轻了！这句话把我噎得几乎想跳起来骂他。我是怎么招惹他了？不就是手头紧，又想给儿子买一点肉才讨价还价吗？讨价还价不可以吗？这狗眼看人低的东西，还想欺负外乡人吗？我真想给他两耳巴子，可是我到底也没有敢伸出手。想来我的手也是一双干干净净的劳动人民的手，我只想让我的手用来对付水泥袋子，哪愿意把我的力气用来对付这种嘴脸？我吐了一口唾沫，没有买他的猪肉。至今我还记得那个猪肉贩子的模样，还记得他也不是本地口音。我并没惹他，不知他为什么要这么对我？可能是我当时满身的水泥灰和卑微的样子惹烦了他。回到家里，累了半天的我连粥也没喝就躺下了。想到儿子，第二天我又倔强地爬了起来……

还记得有一次，儿子拿回一道作文题，叫做“我家的厨房”。儿子回来就问我，妈妈，我们家哪里是厨房？一下子把我问住了。十平方米的小屋，三口人挤着睡的靠墙的一张床，床对面窗下放一张桌子，桌子上摆着吃饭用的煤油炉和锅碗瓢盆。一张折叠桌，吃饭的时候展开，就着床当凳子。吃完饭收拾干净，儿子就可以在桌上写作业了。哪里算是厨房，叫我怎么回答？城里的厨房是什么样子，我自己也不知道。但是儿子的作文题偏偏是“我家的厨房”。为了不让儿子失望，我带着他敲开了房东阿姨的门。说明了来意，阿姨热情地把我们领进了她家的厨房。我以为儿子看看就可以了，回去就可以写作文了，不料儿子看了一眼，就拉我出来了。我说，为什么不看看人家的厨房呢？儿子说，这不是我家的厨房！

儿子睡着的时候，我看到了他的作文：我们家没有厨房，但是，妈妈每天都会在小屋里给我做可口的饭菜。爸爸妈妈很辛苦，没有钱买房子，我一定要好好学习，长大后要让妈妈拥有漂亮的厨房……

后来的日子，儿子辛勤地学习，捧回来一张张奖状，装饰着破旧的出租屋，给这个临时的“家”带来不少生机和希望。我也没事就到书摊上买打折书看，我知道了上海最大的图书城，我认识了上海图书馆。图书馆里，我能随便看书、学习、听讲座，那里没有人在意我贫富贵贱，也没有像那个猪肉贩子一样的人。那个地方，是我的天堂。我如醉如痴，没事就往图书馆跑。我小的时候就想过要当作家，可是，初中没读完就被迫辍学务农了。我又拿起了幼稚的笔，尝试起了写作。

儿子也一直很争气。他很勤奋。我们在上海，都成了有理想的人。我愿意靠我的努力，用我的理想撑起儿子的理想，用我的奋斗为儿子展开一片蔚蓝的天空。可是天常常不遂人愿，就在我们经济状况有所好转，一切都得风顺水的时候，命运硬是将我们的路拧了个大弯儿：在沪借读的外地学生统统需返回原籍就读。原先是想可以多拿五万块钱读私立高中，然后考大学，但这条唯一的“出路”被封死了。

儿子不能在上海参加高考，成了既定的事实。无力回天，我只能带着儿子在理想殿堂的入口处默默转身。那一刻，看着渐渐远离的学校，看着儿子依依不舍的眼神，我想到了当初来到上海学校的那个瘦瘦的背着大书包的孩子。我的眼泪不由自主地流了下来。

为了减小心里落差，也尽量减少转学带给孩子的负面影响，我没有把孩子带回农村读书。我和丈夫倾其所有在老家的一座城市买了房子，给孩子入了户口和学籍。又一次把儿子送进了新学校，又有了一段时间的适应期。我戏称自己被判了几年“有期徒刑”——在家陪读，等“刑满释放”了才能重获自由。“服刑”期间，儿子懂事而且勤奋，让人欣慰。而我自己，没事就看书、写作，不断地有稿件在当地报纸杂志上发表。几年的时光漫长而又短暂，转眼之间，那个当年哭鼻子的小男孩，已经出落成英俊自信的小伙子。高考临近，儿子从容地复习，从容地备考，从容地走进了考场……

大地上的麦子都囤入粮仓的时候，我们也收获了儿子的喜讯：

他如愿重新考回了上海，进入一所理想的大学。拿到录取通知书那天，我的心里感慨万千。捧着通知书，真的如同发表了一部大作，拿在手里一遍遍阅读，暗自欢喜。

今年，又是一个收获的季节。儿子大学毕业，凭借自己突出的表现，在上海找到了满意的工作。领到工资的第一时间，儿子给我买了我喜爱的书，买了我喜欢的黄梅戏碟片和音响话筒。而我自己，也不断地收获喜讯，初中没有读完的我，现在顺利加入了省作协，圆了我的作家梦。

曾经的梦想，能在奋斗中实现，这是人生中最快乐的事。曾经的艰辛，一旦走过来了，就不会再觉得寒酸，也不会再哀叹。前面的路，依然很长，我们还要稳稳地走下去，走好每一步，直至人生的终点站。

伤心情人节

我也曾经和你一样，每年情人节如约而至的时候，我都会怦然心动。是的，无论因为它是舶来品也罢，还是我们一厢情愿也罢，情人节总是美好的。它是粉红色的，有着天然的玫瑰香味和巧克力香味，它总是和青春相伴，于华美之中载歌载舞，谁不向往呢？然而当情人节真正到来的时候，属于我的感觉又总是忧伤、怅然、辛酸。我平时渴望的，总是在这一天销声匿迹，而我的痴情等待，等待一个已知的未知，又常常会在这一天黯然夭折。我说不清这种滋味。为什么我如此在乎的一个节日，当身在其中时，梦想就会成为泡影？作为女性，难道连最基本的希冀都不可以获得吗？情人节之于我难道就是个不能够拥有的奢侈品吗？

说说那个让我终生饮恨的情人节吧。

那是情人节之前的一天，我于朦胧之中期待着一种来自心灵的幸福的回归。无论男人，还是女人，谁不渴望幸福呢？看着大街上的成双成对，闻着风中传递过来的花香，一个人，开始本能地做起了旖旎的梦。想到明天就是情人节了，心里的甜蜜满满的。即便一个人，至少也可以以情人节的名义，为自己买一件新衣服吧？执一杯淡酒，与自己对饮，想象着爱如天使幸福降临吧？然而就在下午，事情无一例外地出现了转折。我接到了父亲打来的电话。父亲说，你娘生病了。我是深爱母亲的，若在平时，我会立马收拾东西打道回府，看望母亲。然而，彼时，当我在自己虚拟的幸福的期待里坐下来，几片茶叶在清淡的开水里刚刚如仙女般曼妙起舞时，我的心里有了一种裂痕般的纠结。

我问严重吗？父亲说头疼，吊完水好些了。我于是便随口道：明天有点事，我后天回去看母亲。事情就是这样被我轻描淡写地说过去了。我想既然父亲说母亲吊完水好些了，大约母亲的身体也不会有什么大碍吧。这么侥幸地想着，清香四溢的绿茶落在胃里，便觉得胃舒服了许多。

想想，一年一遇啊，我们在外打工的人，有几家不是过着聚少离多的牛郎织女式的生活？2 月 14 号，那是令每一个心灵纯净的女人都脸色绯红的节日啊。说不清为什么，有一种朦胧的期待，渴望因某件与情人节有关的事荡起心中的涟漪，期待着一种浪漫情怀。不可以吗？希望在这个特别的日子里产生一种无边的遐想，然后在滚滚红尘里写一点干净的抒情的文字，不可以吗？

当然可以。因为可以，它于是成了我没有及时回去看望母亲的朦朦胧胧的理由。

事情看来当然是可以的。但是有一种不可以，被我忽略了。比如，子欲孝而亲不待，当这种事情有可能发生的时候，以情人节的名义在缥缈等待着一种浪漫，这还可以吗？还有一种不可以，就是你以为一切平安，而你并不知道，另一个人的生命即将走到尽头。她要离你而去了，从此阴阳两隔，永不再见。这是不能等待的。错过了就是悔恨终生。

那个情人节，我经历的就是悔恨终生的错过。我原以为鲜花也会为我盛开一朵的，我上午还心情不错地化了妆，并且惴惴地期待着美丽的邂逅。上午就一个人逛了街。我给女儿买了本书，在永和豆浆店喝了一碗豆浆，闲观窗外行色匆匆的人流。中午回到家，煮了一碗面条吃了下去，脑子里乱七八糟想了很多事情，唯独没有想起过病中的娘。晚上，红酒上来了。我并不是一个人，而是几个自称“没人要”的朋友欢聚一堂，放量喝酒，大声喧闹，开心地等待着浪漫的降临。那一刻是短暂快乐的。因为有了酒，一些忧伤或者逐渐叠加的失望，被我刻意疏散或者遗弃掉了。窗外的情侣们甜蜜多如织。酒味越来越浓，花香越来越淡，美酒越来越凉，心头越来越伤。但是我们几个还是开心地笑着。我说不清我们是不是刻意地用欢笑抵御着什么。这算不算是情人节的另一种浪漫？

父亲的电话就是这个时候打来的。

父亲告诉我，你娘的病看样子很重。

有多重？我问父亲。

父亲说，医院让立即转院。

这是什么情况？我再问父亲，父亲说得已经很含糊了。

姐、弟都在外地，唯有我离老家最近。我为自己做了决绝的确定。我要回去，现在就回去看望我的母亲。我不再跟几个姐妹们说笑了。红酒终于没有挽留住什么，时间也没有把我要等待的交到我的面前。我谢绝了朋友的陪伴，急忙回家取点钱赶往县医院。等了好久都没有车，出租车来往穿梭忙得不亦乐乎。平时拼车只需五块钱的车最后出了五十块，司机说：没办法，今天是情人节！

在医院门口，我看到了那辆没有关门的面包车，我家的花被子还拖了一半在车门外。我认识我家的花被子，那是母亲一针一针亲手缝制的。我曾不止一次在那里安心地睡过。那被子真的暖和啊，睡在里面，就仿佛有回到了童年，睡在母亲的怀里，睡在母亲温暖的子宫里。可是现在，母亲的花被子怎么拖在了医院的大门口，我的母亲呢？

我进了医院里面。在监护室门口，我看到了身子哆嗦的父亲。医生面无表情地把一纸病危通知书递到了我的面前。你是病人的女儿？

我说是的。

医生说，病人脑出血，耽误了救治的时间，生的希望不大了。

医生的话“轰”一下冲走了我所有的思维。看着医生的嘴巴，我已不知道医生说了什么。我的大脑此时一片空白。医生说，你还是先进来看一眼吧。

在重症监护室里，我看到了安详地躺在病床上的娘。可是任凭我怎么呼喊，娘的眼都不会为我睁开了。她不睁眼，也不出声，是不是用她永恒的沉默惩罚我的不孝？我呼唤着母亲，而母亲走向了时间的对岸。我成了个与她毫不相干的人，世界上的任何事也都与她无关了。我一声声地呼唤着娘，在娘的病床前跪了下来……

第三天清晨，娘走了。一直没有睁眼看看我，也没有留下一句话，哪怕是一声呻吟。

我知道，无论用什么办法，我都再也叫不回我的娘。我无法原谅我自己，而母亲会不会原谅我，我无从得知了。我的母亲是善良的，也是慈悲的。她也许不会怪我，是的，她是娘，我是她的闺女，无论我犯下什么大错，我的母亲，她的博大的胸怀都会搂着我啊，都会饶恕我啊！母亲！娘！我的在生死边缘顽强挣扎着把我带到人世间的娘，在艰难岁月苦煎苦熬的娘，我到哪里去找您啊！

握住娘逐渐变凉的手，望着娘那小时候经常紧贴着我们的额为我们量体温、在此时却失去血色的额头，这才慢慢地想起娘的苦难与艰辛。想起小时候，娘背着弟弟、牵着我和姐姐下地干活的身影；想起那个暴风雨夜晚，煤油灯被一次次吹灭，破旧的草屋四处漏雨掉土，我们被逼到床角吓得躲在娘的怀里哇哇大哭，娘老母鸡护鸡仔般地用臂膀紧紧地护住她的孩子；想起娘背着我到二十多里路外的镇上看病，娘给我买了两个香喷喷的油香，自己蹲在旁边啃着又黑又硬的饼子……

我一千遍一万遍问自己：小的时候，要是我生了病，娘会找理由拖延时间吗？

我在娘的灵前大声地哭嚎，一张张往火盆里丢着纸钱，应酬来往不断的亲朋好友，把娘葬在了她劳作一生的土地上。

以后的日子里，我不止一次被良心刺痛过，经常会在梦里哭醒。醒来后才发现，最疼我最爱我的娘，她永远都不会回来了。

我的亲娘，我知道您不会怪我。可是，我真的好想念您。愿天堂里不再分贫富贵贱，不用再劳苦奔波，不再有灾难病痛，不再有生离死别。

娘，桃树红了，梨花开了，麦子长高了……我知道那是您无语的问候。请您别走远，夜深人静的时候，听我把思念与忏悔无声地向您诉说：娘，我想您，想您在我生病的时候用额头贴我的额头量体温，想您用粗糙而温热的手拉着我的手，想您那最关切最慈爱、在我生命里不会再出现的唯一的眼神……娘啊，请您别走远。

那一种母爱

说真的，我不喜欢养狗。倒不是说我没有慈悲之心。实时因为居住条件限制，又疲于奔命地忙着生计，所以，哪有闲心陪着一只小狗玩呢？女儿却不然，她天生就喜欢狗狗，爱狗如命，胜过爱她的妈妈。我也是没办法，就由着女儿吧，谁让我那么爱自己的女儿呢！

女儿十岁那年，有一回，她养的小狗不幸出了车祸，被轧死了。这飞来的横祸，让十岁的女儿哭得两顿没吃饭，好几天闷闷不乐。我也心疼这孩子，买好吃的给她吃，让她快乐起来，不至于影响学习。我并且还答应女儿，等到过几天，妈妈手里有闲钱了，再为她买一只小狗。女儿这才从那空前的“苦难”中走出来，转悲为喜，破涕为笑。我见女儿高兴了，这颗悬着的心才慢慢地放了下来。

说来也是巧，没过几天，房东家的母狗一口气生了三只狗崽子。到小狗满月的时候，我舍了“老脸”，敲房东家的门，向房东求助，希望为了孩子的快乐，赐给我一只。

房东还不错，她没有我司空见惯的那种鄙夷的、不屑的目光，而是热情地给了我一只可爱的小狗。那小狗毛茸茸胖乎乎憨态可掬，甚是招人喜欢，然而，我却在心里喜欢不起来。因为我们养狗简直是为自己找麻烦：两间破出租屋，下了雨满屋都是泥水，那些鞋都成了小船，在水里自由自在地游来荡去。如此境遇，哪里是小狗的栖息之地呢。况且，我每天忙里忙外也没有闲空去管它。再说每日三餐粗茶淡饭，几口人还勉强凑合，只怕那小家伙面对那粗茶淡饭，能消受得起吗！事实上，如果条件好一些，我也会献一点爱，让狗和女儿同时兼得的。毕竟我是一位母亲啊，我是深爱着我的女儿的，我又有什么理由不爱女儿的爱犬呢？但是话又说回来，我们面临的现实生活总是捉襟见肘，除了女儿，我再也舍不得花钱去为小狗买好吃的了。于是这样下来，终于有一天，我发现女儿的小狗被养得又瘦又脏，我烦躁的心更加烦躁了。生活原本已经很窘迫了，你说你一个狗东西，跑来咱家添什么乱啊。可是烦归烦，那毕竟是我女儿的心爱之物啊，我也无可奈何，只能任由花落去——我奈何不了我那小祖宗啊！

女儿的脸上却乐开了花，每天放学就要找她的小狗狗，还蹩脚地给它洗澡，喂它好吃的，伺候那个狗东西，比伺候她的老娘都上心。你伺候着也就罢了，我省下钱为她买好东西吃，她自己舍不得吃，都拿来喂狗了。你说这叫什么事？咱家谁是家主？要让女儿来排序，那肯定是，狗是第一，她是第二，老娘是第三！唉，我心头堵得慌，但看到她满脸灿烂的笑容，我也只能是压压火，认了。

那天女儿放学回家，我猛然想起忘了替她喂狗了。女儿嘟着小嘴拿火腿肠给小狗吃，大概太饿了，小狗没等女儿剥好皮就吃了起来。女儿忙着去抢，小狗忙着吞，争抢中女儿的手指被小狗牙齿划破了，还流出了血。我看到心爱的女儿手指被咬破了，终于没有沉住气，爆发了。我对着小狗说，你个狗东西，不要狗命了，看我不砸烂你的狗头！说着，狠狠地踢了小狗一脚，小狗疼得在地上打转，嗷嗷大叫起来。

这时，房东院子里的母狗突然叫了起来。我断定它是听到了小狗的嚎叫，心疼它的孩子，才大叫起来的。果然，叫声刚落，那条母狗应声而出，嘶叫着冲进了我家。它好像明白了怎么回事，在我面前昂起头冲我狂吠。那凶恶的样子，看着简直像敢把人吃了。小狗则委屈地哼哼着，抿起耳朵摇着尾巴，一瘸一拐地向它的母亲跑过去，亲昵地偎在妈妈的身边，撒起娇来，眼睛还不时地朝我瞅瞅。母狗一会儿舔舔孩子，一会儿又昂起头冲我吼叫。如果能听懂的话，它肯定是在骂我。肯定是骂我太不配做一个母亲了。这可了得？咱人类总不能由着狗类骂呀，简直想造反！看着它堵着我的家门，怒发冲冠的样子，我发起了脾气，而且气不打一处来。我顺手拿起笤帚向母狗打去，母狗本能地躲闪着，时而龇着牙发出低沉的怒吼。此时已有邻居出来看热闹了，恼羞成怒的我顺势又踢了小狗一脚。说时迟那时快，母狗奋不顾身地冲了过来，闪电般地在我的腿上咬了一口！回头看时，只见它眼里充满了愤怒，摆出了拼命的架势。

我的乖乖！那一刻，我怔住了。我倒不是怕它，我一脚可以把它踢出老远。我是被它的强烈的母爱震住了，被它眼中的愤怒和舍生忘死的样子震住了。

房东阿婆闻声也拿着木棍追了出来。听到主人的呵斥，母狗牵强地摇了摇尾巴，停止了与我的对峙，尾巴耷拉了下来，鼻腔里发出低沉的叫声，好像在对主人诉苦。

那是怎样的一幅场景啊。

小狗浑身瑟瑟发抖，紧紧地藏在母狗肚子底下，眼里还盈着泪水，好像将有更大的灾难发生。母狗低下头舔它的孩子，似安慰，又似壮胆，眼睛里也噙满了泪水，时而抬起头望着主人，又好像求助，目光已变得楚楚可怜。

我回头望望小女儿，只见她早已忘记了手指的疼痛，无比的忧伤刻在稚嫩的脸上，眼中已有泪光闪闪。

我不由自主地扔了手里的笤帚。

我向女儿走过来，把女儿紧紧地搂在自己的怀里。我把女儿的手指拿起来，放在自己的嘴唇边轻轻地吹，以减轻她的疼痛感。我蓦然发现自己抱着孩子的样子跟那母狗护着小狗的样子相似。啊，原来这就是母爱啊。这人类的母爱和动物界的母爱是一致的啊。

房东阿婆满怀歉意，催促我赶紧随她去防疫站打针，多少钱由她来付。我摇摇头，没有听房东的。我只顾盯着那对相依为命的母子。我一直还处在震惊中。只有十来斤重的母狗（狐狸犬），在这可以攻击它的“庞大”的人面前，居然奋不顾身地咬了我一口！况且我手里还拿着“武器”。

我有些不安了。我忽然想起课本中学过的《荔枝蜜》，这母子形同那些因自卫而不顾生死的蜜蜂。它们的生存有些可怜。在它们面前耀武扬威地展示“人”的威严的时候，我忽略了它们也是有灵性的生命。

我叹了口气对阿婆说：不用您花钱，还是我自己去看吧。

鉴于人的尊严，我无法去给这位伟大的母亲道歉，此举就算是我对自己以强凌弱、藐视生灵的惩罚吧。

第二辑　人生感悟

感悟『嫌弃』

很小的时候，就从大伯口中学会“别嫌弃”这句话。

庄稼地里，大伯说，别嫌弃种庄稼，人离不开粮食；啃着黑黑的窝头，大伯说，别嫌弃这杂面团，有了它就饿不死人；衣服穿得又脏又破，大伯说，别看这衣裳破，是衣能搪寒；娶大妈的时候，大伯说，穷不择妻，丑妻是家中宝……

大伯一生吃苦耐劳淳朴厚道，人前人后从不说长道短。我大妈跛着一只脚，脸色黝黑皮肤粗糙，乍一看像猪肝一样，头发干枯散乱得像一团乱草，每天一颠一颠忠心耿耿地跟在我大伯身后。大伯肩上搭着油黑的衬衣去卖粮食，明明排到跟前却被人家挤到了后面，找司磅员讲理被人家以扰乱秩序呵斥一顿；大伯闲着串门儿，等人家看到一瘸一拐地跟在后面的大妈，便推说有事关门走了；大妈包的饺子端给邻居的孩子吃，转过身人家就喂了狗；家里来了亲戚从不到大伯家吃饭，大伯买了许多平时舍不得吃的菜最后只得留着自己吃……

从不“嫌弃”的大伯处处遭人嫌弃，五十多岁不幸身患绝症不治而亡。在田里与草打了一辈子仗，半年不到，坟上的野草便把他的躯体和姓名肆无忌惮地掩埋了……

我不能够去评说大伯的结局是不是悲哀。悲哀一词大约只能出自于当事人吧？鞋子舒服不舒服，只有脚知道。悲哀与否，只有亲自体验的人才会感知，局外人又怎么会知道别人的悲哀呢？如果说，大伯和他的瘸女人是幸福的，那么即便大伯过于早逝了，他也是幸福的。这幸福好像除了应归功于女人温顺地给予，应该还有一部分是归功于“不嫌弃”。因为这是大伯一以惯之的心态。这也是他一直信奉的价值观。什么都可以不嫌弃，那么还有什么可以嫌弃呢？这么说来，大伯无疑是幸福的。但是话还可以反过来说，如果大伯和他的瘸女人并没有因为“不嫌弃”带来温暖，那么，即便大伯活到一百岁，又会怎样？

由此可见，“不嫌弃”并不是铁定的定律，它是游离着的一种观念，一道伪命题。就好似一把双刃剑，它能给你带来福祉，也能毁了你。比如大伯，他不嫌弃庄稼，不嫌弃破烂衣服，不嫌弃瘸女人，甚至是走路不伤蚂蚁命，爱惜飞蛾扑照灯，这似乎是一种传统美德，我也为此感动过。但是纵观大伯的一生，大伯的种种“不嫌弃”，为他贫寒而又窝囊的一生带来了什么？反过来说，如果大伯敢于放弃诸多该放弃的“不嫌弃”，而去锐意进取，开拓人生，他的生命质量又会怎样？这大概又该是另一种完全不一样的结局。

所以，我在想，“不嫌弃”指的是什么？什么又该是我们要“嫌弃”的？这个概念不能含糊，就像人生理想不能含糊一样。它必须是明晰的，并且你要有一个准确的、开放的理性判断。该扔的必须扔掉。反之会贻害无穷。首先，“不嫌弃”绝不等于什么都“凑合”，“凑合”会使人胸无大志，在残酷的竞争中能力低下，久而久之，便会成为低俗之人。做人需要“嫌弃”，“嫌弃”才会想办法脱离不喜欢的东西，在“嫌弃”中不断地提高自己，完善自己，成为一个让人仰慕的有用之人。

我这么说，不代表我“嫌弃”了大伯。我对大伯依然很尊敬，但我却高兴不起来。

我在家也曾屡遭“嫌弃”：每每拿着发表的“豆腐块”给孩子看，孩子却不以为然；拿捏着嗓子唱出自以为不错的歌，孩子好像不为所动；话说多了孩子嫌啰嗦，化了妆孩子说不好看……总有些被“嫌弃”的悲凉。但转念一想：似我这庸碌无为之人，如果孩子对我百依百顺、对我崇拜得五体投地唯命是从，那么可怜的孩子，他的前程将是何等糟糕？不妨让他“嫌弃”吧。

但我会教育孩子：嫌弃，却不能因弱小而嫌，因病老而弃，无愧于心，活得才会畅快。

怎样证明你自己

从书上看到过这样一个故事：

一名负责运送精神病人的司机，途中因疏忽逃走了三名精神病患者。因害怕失掉工作，他从巴士站台骗来三人上了他的车。在交接时为避免院方怀疑，他特意关照医生这批病人病得比较严重，不仅容易激动而且还胡言乱语。结果，这三人刚出车门就被绑了起来。当他们意识到自己进了精神病院已经晚了，三人身上所有的物品都被取走了！他们想尽快逃出去。

先生甲为了证明自己没有精神病，他一再告诉医生“地球是圆的”。当他讲到第十四遍的时候，被护理人员在屁股上注射了一针，并说：地球确实是圆的，用得着说十四次吗？他再也不敢出声了。

先生乙为了证明自己不是精神病人，他告诉医护人员自己是社会学家，他知道美国总统是克林顿，英国首相是布莱尔……当他说到图瓦卢总理是马堤亚时，屁股已被注射了一针！他也只好乖乖地闭上了嘴巴。

最后成功脱逃的是丙先生。他是这样做的：进来时什么话也不说，该吃饭时吃饭，该睡觉时睡觉，到读书时间读书。医护人员给他刮脸时，他会说：谢谢。第二十八天时便让他出院了，然后他报警救出了另外两人。

那坑人的司机自有警方发落，暂且不说。想说的是这看似荒诞的故事带给人的深思。现实生活的各个领域中，确实有各种各样急于证明自己的人。那么如何证明自己呢？首先，你要确定，你为什么要证明自己？你在证明什么？急于证明，将会给你带来怎样的结局？这几点弄明白了，你再为自己发起证明。反之，如果你该弄清的东西，你还没有弄清，那么，请你不要草率，不要去为自己证明什么。因为有些事情原本没有答案，比如位置不同，比如话语权缺失，在这样不对等的情形之下，你会为自己证明什么？有些事情可能只会越弄越糟。这样说，也并不是希望我们永远做沉默的大多数，不去表达自己的主张。问题是你要三思，并且有策略，有足够的证据来为自己的人生证明。当证据不够充分的时候，你不要急，你还可以慢慢等待，因为无言的等待有时是最好的证明，而时间足以证明一切。

在通常的情况下，我们如果有证明给别人看的必要，那么，总结一下，想要证明自己，最好的办法就是理智、务实、勤奋。

假如你蒙受不白之冤，在百口莫辩的情况下先别冲动，弄不好会越抹越黑，将你的精力、体力耗尽，信心、自尊心挫伤，你会痛苦不堪。最好像上面的丙先生那样，不做徒劳的解释，用实际行动来证明自己。事实胜于雄辩，当你的人格被肯定后，以后的事情就慢慢迎刃而解了。

假如你想证明自己很美丽，那么勤劳、善良、谦卑等内在的东西尤为重要，那种由内而外的美更会令人折服，并且经久不衰。请不要搔首弄姿矫揉造作，那样的话，你原本拥有的外表也会被大打折扣。

假如你想证明自己很富有，你更要修身养性，多做有意义的事情，精神上的富有比财富更重要。切莫花天酒地挥金如土甚至盛气凌人，那样你的钱就臭气熏人，说不定还会给自己惹来祸端。

假如你感到怀才不遇，不要只顾怨声载道怨天尤人，“是非皆因多开口，烦恼只为强出头”。你最好努力进取等待时机，只要是金子，总会发光的。你有真本事，就不怕被埋没。你用自己的能力证明给别人看，这才是最好的证明。

一路走好

"一路走好。"

这是个祈祷语。大家都知道，当亲友去世后，我们常常听到的就是这熟悉的四个字。它是生者对逝者的最淳朴的祈祷，也是最无奈的祝愿。一路走好。逝者需要一路走好。因为远去灵魂的面前，有两条路可走，一条通往地狱，一条通往天堂。我们当然希望逝者孤独的灵魂去往天堂。因为那里没有灾难，没有痛苦。活着的时候，在人间受罪重重，我们这些还健在的人们，难道不该从最善良、最质朴的愿望出发，祝愿我们的亲人们，去四季花开的天堂永享清福吗？

然而，我想说"一路走好"还有另外一层意思，那就是，我们活着的人，要好好地活下去，也要一路走好。因为，如果逝者的灵魂有知，他肯定也会同时祝愿我们在布满险恶和痛苦的人间一路走好的。在真诚的祈愿上，生者和死者之间没有鸿沟。如果人的灵魂确实存在的话。

我想到了我的表哥。

表哥去世了。在他躺下后的第三年夏天，四十八岁的人生终于画上了句号。

违背世俗忌语，我用上了“终于”二字。从内心深处，我“巴不得”表哥早点死去，我在心里早已为他摆好了祭坛。倒不是不希望他长寿，而是三年的卧床生涯，让他生不如死。我在想，如果真的有上帝，如果真的有天堂，而且上帝又是慈悲的，他为什么不让表哥去天堂安息呢?

三年。表哥受尽了肉体的磨难。

那年秋天，传来表哥遭遇车祸的噩耗。听说表哥醉酒后驾摩托车晚归，路上被车撞倒。肇事车在夜幕掩护的乡村公路上顺利逃脱。那时候监控没有那么普遍，乡村公路黑灯瞎火，是什么车，逃往哪里，无人知道，只得自认倒霉。在路人的帮助下，表哥虽然捡回了一条命，但是这个亏吃得太大了。虽然经医院竭力救治，但表哥自肩部以下高位截瘫，残了。医生表示无能为力，哪怕你倾家荡产也没用。当时不懂什么叫“高位截瘫”，暗想：截到肩膀，就像放在台子上的石膏头像一样，还能活吗?

见面才知道，表哥身体没有被截成两截，而是瘫痪。除了头脑还是正常的，身体完全失去了知觉，成了一个“活死人”。躺在床上，表哥沉默不语。我无法面对。窗外秋阳温暖，而表哥的屋子里冷若地窖。到处布满了死亡的气息。没有声音，连灯光都是昏暗的，表哥躺在床上，瘦瘦的脸膛上，眼睛出奇地大。我是作为亲戚来看望他的。没想到见了面，却泪凝语塞。这样残酷的现实我无法接受。我并没有多少安慰的话，只是无声地哭泣。他流泪。我流泪。泪滴流下一串又一串。

不愿意相信眼前这残酷的事实，可是现实又是真是存在的。它比噩梦要真实。看得见抓得着。昏暗的光里，表哥脸颊上的泪滴清晰可见。曾经，表哥不是这个样子的。他那高大魁梧的身影，曾经占据在我的脑海里，是那么清晰可见。

小时候，表哥是我们心目中的偶像。每到寒暑假，我和姐姐弟弟就巴望着表哥的到来。那时，表哥就是个孩子王，表哥教会了我们做弹弓、捉知了、掏螃蟹、骑马、下棋……

麦场边的酸枣树上挂满了诱人的枣子，我们只有眼巴巴地看着。表哥像是救星，“噌噌”几下就爬上了树，连晃带敲，小孩们在树下撩起褂襟护着头，兴奋得“哇哇”叫着乱抢。在我们的眼里，表哥神通广大无所不能，村里的小伙伴们都羡慕得要死。表哥走到哪儿，身后都会跟着一大群孩子，我和姐姐弟弟倍感荣耀。所以，那几年，只要学校放假，我们总喜欢到姑妈家去。因为我们在姑妈家，能够看到表哥。和表哥在一起，我们能够度过那快乐的假日时光。

长大了的表哥也很出色，皮肤白净，浓眉大眼，身高一米八五，英俊潇洒。虽没考上大学，但他聪明能干，孝顺厚道，机械电器样样精通……

我们都指望着以他为荣的，甚至把他作为一个标杆，让我们的人生自觉地向他看齐。可是，谁能料到自己的吉凶祸福？所谓天有不测风云，人有旦夕祸福，这句话如咒语一般在表哥的生命里应验了。那年秋天，当树叶泛黄的时候，我们的铁骨铮铮的表哥，因为喝酒出了车祸，就这样躺倒了。原来，表哥不是铁打的汉子啊。

背负着好几种疾病的姑妈哭花了眼，摔断了腿，久卧在床，表哥的死暂时还瞒着她；表哥攒给两个儿子买房子、娶媳妇的钱花光了，婚事也泡了汤；近两年家里田间日夜煎熬，把贤惠的表嫂折磨得像个纸人儿，瘦得脱了形，弱不禁风。

最后一次见表哥是端午节前。表哥形同骷髅，身下的褥疮已经烂到骨头，臭了的肉像破棉絮一样剪去一处又一处，发烧不止，生命已进入倒计时。那就是生不如死的场面。我那时就狠心地想过，如果上帝确实存在，请发发慈悲吧，把表哥接走吧。场面不忍目睹。表哥见到我时，他泪如泉涌，却已无力哀哭了。表嫂走开的时候，他吃力地对我说，这个女人，被我拖苦了，我欠的债……这辈子还不清了……

出殡那天，表嫂呼天抢地哭得肝肠寸断，一直没敢当表哥面说的话，憋足了劲一股脑地嚎了出来：你个死人啊，你心狠啊，我对得起你，你对不起我啊，钱花光了你走了，你上撇老下撇小啊。再穷再苦我都没嫌过你，就图有你这个人啊。要是地震砸死、洪水淹死俺也不怨你啊，千不该万不该，你不该喝醉酒啊。你叫俺娘儿几个怎么过啊……

喊破喉咙，那个人也不会回来了。

斯人已逝。生者唯一能做的大概只剩下用心祈祷了。祈祷逝者一路走好。因为通往另一个世界的路也不是坦途。走过奈何桥，还要走上黄泉路。那么生者呢？面前的路好走吗？表嫂只是个农妇，她哭她的男人，其实她也在无形中给活着的人以某种警示了：除却天灾，人为的祸患其实是可以避免的。为什么不可以珍惜自己、珍惜家人，好好地活着，而是留给家人无尽的痛苦，让全家人泪流满面地祝你“一路走好”？

我也很伤心，但是又能说什么？我只有在心里默默祈祷，在通往天堂的路上，愿表哥一路走好。同时，也想对活着的人郑重地道一声：一路走好！漫漫人生路，每一步都承载着责任，为自己，为他人。一路走好！切记：让人磕着碰着的，可不一定只是酒。

收起你的刀子嘴

生活中有这样一种人，说话时只顾自己一吐为快，不讲究场合、方式，不顾及别人的感受，心里想到哪里嘴巴就说到哪里，这就是人们常说的“刀子嘴”。

“刀子嘴”好不好？似乎没有这方面的专著，大概也没有人会腾出时间，专门研究这个问题。这个问题好像不需研究，因为它充其量就是“刀子嘴”，说话图个痛快，好像也无关紧要，不算问题。于是“刀子嘴”便渐渐被人忽略了。然而，“刀子嘴”果真不是个问题吗？“刀子嘴”的人好吗？他（她）不管不顾地胡咧咧真的无关紧要、无伤大雅吗？我的观点是持否定态度的。这样的人好不好？可能也同样不会有人研究。为什么呢？因为人们不屑于研究这个问题。大家似乎都明白，“刀子嘴”后面，常常连着“豆腐心”三个字。于是大家便相视一笑，就觉得既然是“豆腐心”，肯定这个人本质上是不坏的，即便他有着不能饶人的“刀子嘴”，也是可以宽容并原谅的。不就是说说话，图个嘴巴痛快么？

算什么呢？呵呵一笑，一些事情就过去了。

当然，本人也承认，这种人心里也许并不恶毒，也有人认为这种人没有心机，很好相处，故而在“刀子嘴”后面加上了“豆腐心”，以做善意的庇护。我们是从传统的善良角度出发的，觉得能够包容的还是包容吧，既然人家都有“豆腐心”了，我们还争论这事干吗呢？

然而，有着“刀子嘴”的人，真的都有“豆腐心”吗？没有“豆腐心”的刀子嘴，我们也可以以一种虚伪的姿态给予宽容吗？我不能够确定刀子嘴的人的内心世界，所以我也不能够确定说话咄咄逼人的人就肯定会有豆腐心。为什么这样说？是因为人们常常喜欢用豆腐心来衬托刀子嘴，而其实这又常常是一种大家都知道的假象。

“刀子嘴”既然都像刀子了，我们也可以很大度地给予宽容吗？

这要一分为二地看。

开开玩笑当然无关紧要。因为有些玩笑是善意的。作为严峻生活的一种作料，开开玩笑有什么不可以呢？就算嘴巴有点尖，像啄木鸟，我们也能够理解，并报以一笑。但是，当那嘴巴尖得离谱，并且臭得难闻，不顾场合，自鸣得意，为所欲为，把恶语伤人作为自己的一大快事，这样的人我们还能容忍吗？他（她）就算有着豆腐心，我们又可以放任自流吗？

我觉得不能。

曾记得邻家有一对夫妻，妻子勤劳贤惠温柔善良，丈夫脾气粗鲁口无遮拦。比如说，丈夫遇到不顺心事妻子会体谅会安慰，而妻子哪怕是无意犯了错丈夫也会骂骂咧咧无止无休，直到妻子泪流满面。尽管丈夫平时没有别的恶习，气消了后也会认错，但稍不顺心仍会大发雷霆。如此反复不改，妻子最后提出离婚。婆婆苦心劝阻道:“他就这德行，坏就坏在嘴上，其实他的心眼不坏。别理他就好了。”儿媳说：“嘴巴就够人受的了，心眼要是再坏，还让人活吗？”

说是不理他，当一个人在你面前张牙舞爪乱发脾气恶语伤人的时候，平常人谁能做到心平气和无动于衷？“刀子嘴”的人虽不能列入坏人的范畴，但绝对不能称为好人。他们不会设身处地站在别人的角度去看问题，不懂得适当地控制自己的情绪，更无法谈论他们有多好的素质与涵养。他们之所以会用行为去弥补嘴巴的过失，那是因为有做人的道德标尺在衡量着他们，有利害得失在约束着他们，他们充其量算个能适时把握利害关系的聪明人，绝非人们所说的“豆腐心”。

“刀子嘴”们也许没有意识到：“刀子”是会伤人的，把人砍伤后无论你怎样医治，但刀伤处还是会留下疤痕，在以后的岁月里，轻则触目时让人心底隐隐作痛，重则让人一生难以忘却。

如果说眼睛是心灵的窗户，那么，嘴巴则是情感的大门，也是控制情绪的闸门。不是说不可以说话，也不是说，人们说话必须温文尔雅，有修养，高水平。性格使然，你完全可以“刀子嘴”，但是有一点必须明白，那就是说出的话，必须以本真的诚意为前提，怎么直接、怎么尖锐都无妨。那才叫有一颗柔软的“豆腐心”。说话不能侮辱人，不能损人，更不能恶意诋毁人。倘若那样，那所谓的“刀子嘴”，其实比刀子还凶残。那与其说是“刀子嘴”，不如说是“刀子心”。这是不能饶恕的。

一个人的素质与修养，首先是从语言上体现出来的，所谓“言行”，先“言”而后才是“行”。人与人之间的矛盾与冲突，首先也都是产生在语言上，没有人见过两个陌生人走到一起一言不发便动起手来吧？语言可以使邻里和谐家庭和睦事业蒸蒸日上，也可能使亲友反目父子成仇夫妻分道扬镳。曾有“祸从口出”之说，甚至可以导致悲剧上演。

“刀子嘴”们应该仔细地算算账，你该做的也都做了，却被你那张嘴给打了折扣，落得事倍功半。那就是人们常说的“出力不讨好”，这样的话，你做人应该说是失败的。有的人说那是天生的性格，改不了，我不相信。你只需加强内心素质的修炼，多考虑别人的感受，经常换位思考，控制好嘴巴这道“闸门”，这并不是很难做到的事。

肚量不是容忍

那年我还在做送货工。夏季的一天，我因讨酒水款走进了那家已倒闭转让的饭店。原本利润很薄，货款又被老板一拖再拖，最后还刁钻耍赖挑毛病，一千多块钱只愿意给六百。女老板自恃伶牙俐齿人多势众，霸道而刁蛮。我跟她商量让她给一千块，多的不要了，并说了许多好话。可那女人寸步不让：就六百块，要就要，不要拉倒！再气再恼，打架也不是本人的性格，再则就算真的打架，也打不过人家。当时没有台阶下，走也不是留也不是，气恼至极的我也犯起了犟脾气：不给一千你就别想关门回家！女老板冷笑着说，那就走着瞧，看看谁能耗过谁！

我就这样跟她耗上了。店里东西已经搬运停当，过了当晚就找不到他们。几个搬东西的人忙完后在陪女老板谈笑，故意在我面前显示得意。而我，老公常年在外地，家里丢下两个孩子无人照料，累了一天，已是饥渴难耐、疲惫交加。打电话求援吧？那女人能说会道软硬兼施，这点小事，连警察也奈何不了她。更不忍劳累亲友也来跟着生气。只好默默地坐在旁边听他们吹牛，越等越气而又无计可施。

气愤，无奈，焦躁。暗骂：今天遇到了强盗！一时间，空闲着的大脑无意识地重复着“强盗”两个字，想着想着，竟有了转机：假如真的遇到强盗，会是现在这幅场景吗？好歹我还坐在沙发上，没人敢轻易侵犯我；好歹还没人阻止我去饮水机接水喝；好歹我可以自由地上厕所；好歹我可以随时抬腿走人，拿着六百块钱回家，给孩子买点吃的……这样想着，眼前的那几个男女竟没有这么可恶了。

他们谈话的激情也稍有回落，看样子也有些着急了。但是，冲动还可以随时被一句话点燃，矛盾也还可能在瞬间重新爆发。然而，我用了另一种方法。

我对老板说：“大姐，咱不耗了。不缺吃不少喝的，这样都不划算，我认输，你看着办吧。”那女人惊疑地看着我，嘴巴虽不饶人，但口气软了许多：“就是啊，给你那些也不少了，要是偷偷搬跑了你连一分也捞不着。”原来，她的理由是这样，所以她才觉得我不知好歹。不可否认，她说的也是实话，也真的有这种人。我当然不会感激她，只是平静地看着她数钱，态度不温不火不卑不亢。那女人数到六百的时候，抬眼看了我一下，然后又多数了两百。她说：“大妹子，看你守到现在也不容易，我也让一步吧，折合一下，八百。”她又说接手这饭店前后亏了十几万块，欠了一屁股债……最后说：“你比我日子好过多了。我是表面上像个人，心里苦。有钱谁不想撑面子？难啊，妹子。”

这么厉害的女人，不也要栽跟头？比起她我真的好过多了。

明着吃了两百块钱的亏，心里的怨愤已不像刚开始强烈了。因为，我利用那一段时间，完成了把委屈、气愤慢慢“消化”并“排泄”的整个过程。自那以后，我牢记了“消化”的重要性，对“肚量”有了自己的认识。

肚量是什么？肚量不是一味地承受。肚量是能屈之后的能伸，肚量是在正义面前的包容，是在邪恶面前的审时度势和据理力争。对好人，我们要大肚量，对无理之人，我们要与之摆事实讲道理，基本原则不能没有，但是小得小失，可以考虑到实际情况，不予计较。就像上面举的例子，按说，我是正当经营，赚取的是正当的利润，店主少我多少钱，都应该一分不少地付给我。但是，实际情况是店主虽然无理，然而她已经因为经营不善，亏损了十几万，直至破产，关门大吉。这种情况下，她少给一点钱，似乎也是可以理解的事。总之，原则上没有过失，至于其他的，大家可以商量着来，谁又活得容易呢？看起来我是凭着忍让，做了一点妥协，但是当女店主在拿出六百块钱之后，看了看我，又加了二百块钱，并且说了实情时，那一刻，我心里的怨气乃至愤懑，便减轻了许多。因为我看到了生活在底层的人的艰难，也看到了人性中那柔软的部分。我们彼此都做了让步，尽管女店主最终还是少给我了两百块，但是体味到生存的艰难，我还是谅解了她。

这算不算是肚量呢？

肚量不是容忍。肚量是理解之后的一种释然。肚量不是迁就，肚量是动之以情，晓之以理，在需要考量肚量的时候，理性地给自己定位，让对方折服。肚量不是不讲原则，肚量不能饶恕非正义的东西，肚量是对美好的东西、善良的东西，给予宽容。

还有，肚量是能够“消化”。

能忍自安，说得也对，但忍过之后必须想办法消化。通常把“肚量大”视作为能容忍，但一味忍受、压抑，让人感到憋闷、委屈。古往今来，有诸多郁闷成疾、含恨身亡之士，多因悲愤至极无从排解，致使身心不堪重负，压垮了自己。如同吃饭，光能吃不消化，撑出毛病，那不叫饭量大。忍辱负重不算高尚，忍气吞声不算肚量。人生在世，是非、纷争、灾难无处不在，能够合理地排解、释放，能过滤烦恼，能消化苦闷，才是真正的“肚量大”。用俗话说，凡事要往开处想，别钻牛角尖，每件事都有多面性，转过来避开不好的那一面，结果就不一样了。而且，消化后的举动肯定会轻松、洒脱，即便是让步，姿态也不会难看。

转个弯儿找快乐

说起快乐，想必人人都向往之。世事多磨难，谁不希望自己有快乐的一生？快乐是什么？快乐不是凌驾于别人之上的沾沾自喜，不是获取短暂满足后的得意忘形，不是以自己为中心的占有和掠夺。快乐来自内心，是赠人玫瑰手有余香，是尊老爱幼、助人为乐，是家和万事兴的和睦相处，是奉献、付出和感恩。

快乐也是需用心经营的。有的人身在乐中不知乐，有的人遇到烦恼事，不知道换位思考寻找自己丢失的快乐。所谓退一步海阔天空，说的就是寻求快乐的真谛啊。

生活是冗长而无趣的。很多事情，当我们转个弯儿思考问题，快乐就会不请自来。

我想起来两件小事。

暑假期间，我带着孩子到上海与家人团聚。一家人难得在一起，公婆都很高兴，每天家里欢声笑语其乐融融。这本来是快乐的事，可是因为一个小小的细节，导致了不快乐。

那是个平常的早晨，起床，刷牙，洗脸。婆婆早已把饭烧好，并开始把洗好的衣物往衣架上晾了。我匆忙洗漱完毕准备吃饭，回屋却发现我换下的脏衣服还堆在屋角，没有洗涤。而孩子和老公的衣服都已被晾上了。我顿时心里有些不舒服：一家人的衣服都洗了，单单剩下我的放在那里，明显是把我当外人了！儿媳妇就可以慢待吗？我闷闷不乐，快乐的心情一扫而光，随之而来的是郁闷和忧伤。

为了表达自己的不满情绪，我把脏衣服揉成一团拿出来，找个盆子，扔在里面，哗哗哗地放满水，浸泡起来。

婆婆是个细心的人，见我自己不管不顾地洗衣服，她的脸上爬满了歉意。她来到我身边，先是歉然地笑两声，然后才说：有我在，脏衣服怎么能让你洗呢？刚才怕吵醒你，没敢敲门拿衣服。

原来是这样。

洗衣服的时候我慢慢想：假如，婆婆只洗她自己的衣服，于情于理也无可厚非呀！她这么大年纪，每天还不辞辛劳地洗衣烧饭打扫卫生，忙前忙后乐此不疲。原先孩子和丈夫的衣服不都是我自己洗吗？为什么有了婆婆，我就可以依赖她，而自己不愿意洗衣服呢？转个弯儿来想：是婆婆帮我洗了他们的衣服啊！

想到此，我忽然觉得自己的心里有了歉疚感了。我赶紧对婆婆说：娘，您这么大年纪，明天不要再洗了，该我给您洗才对。婆婆感激地笑着收拾碗筷去了。

我这话一出口，顿时觉得自己的心里敞亮了许多。原来心中淤积的不快，也顿时如风卷残云，不见了踪影。原来，获取快乐，是如此简单。

还有一次我准备外出，刚到小区门口便看到一对老夫妇和门口的保安吵了起来。仔细听才明白：这对老夫妇把两样旧家具装在三轮车上要推出去卖，被门口的保安拦住问他们住几号楼、要把东西拉哪儿去。我们这里属高档新小区，治安管理很严格。以前从没遇到过这种情况的老夫妇当时便发起火来。保安不温不火地跟他们解释，那老太太却不依不饶："我又不是偷来抢来的，凭什么要你问来问去的？"保安说："这是我们的职责，凡是从里面带东西出去都要仔细查问。"那老太太越说越来劲，直气得气喘吁吁："我这么大把年纪从来没像这样被人当贼盘问过呢，真是拿根鸡毛当令箭了，幸亏没当大官呢！"老头也上来帮腔："你还想不想在这儿干了？我一句话就能让你回家喝稀饭！"保安也恼了："再大年纪也要守规矩，我又不是为我自己！"最后那对老夫妇被别人劝走了，临走时还气势汹汹喋喋不休。

是啊，只要转个弯儿来想一下，他们是为了谁呢？他们拿着微薄的薪水，每日站在那里迎来送往彬彬有礼，不管白天黑夜风吹日晒从不间断。他们只是为自己吗？为什么不去理解、不去尊重而去反唇相讥呢？假如，那老夫妻耐心地回答保安的话，保安问完后微笑着敬个礼，老头老太哼着小曲扬长而去，保证能益寿延年长命百岁，可比吵架要快活得多！假如，我那次认定了婆婆把我当外人，那天的情绪肯定会很糟，婆婆看到我的脸色肯定会感到满腹委屈，我俩的情绪肯定会影响到孩子和老公……那样的话，本来快快乐乐的日子就会被沉闷阴郁所替代。

是的，快乐有时就在一念间。你追着认死理，可能就会越追越深，最后走进了死胡同，让你百口莫辩，作茧自缚，画地为牢，烦恼丛生，不胜厌倦。但假如你换一换脑子想问题，我为什么要和人家争吵乃至喋喋不休？我为什么总是快乐不起来？如果我退一步又如何？这样想着，你会发现有时候的烦恼其实是自己的狭隘心胸造成的。倘若坦然一些，随和一些，快乐可能就会更多一些围绕在自己的身边。

其实，生活中有很多事情都是多面的，你只要转个弯儿，就可以避开让你烦恼的那一面。

以肥为乐

以肥为美，那是自我解嘲。肥胖终究不太养眼，地球人都知道。

我这样说，有些对不起肥胖者了。其实说说也无妨，我自己也长得比较“富态”，我尚且能拿自己“开涮”，还有什么想不开的？话说肥胖到底美不美？好像自古以来都没有定论。若说肥胖不美，那么杨贵妃如此“丰腴”，几至“爆胸”，李隆基为什么喜欢？看来美与不美，不是恒定的观点，它是随着时代的审美观改变而改变的。如今的人喜欢瘦，喜欢骨感，以瘦为美，我终究不太明白，长得跟劈柴一样，肋巴骨仿如瘦排骨，都可以当琴键来弹了，这有什么美感可言？男人欣喜若狂、如获至宝般抱在怀里，倘若被瘦美人硌了肉了，您还敢说瘦子美吗？我们胖子难道不比瘦子更有弹性、更温柔可亲吗？

呵呵。我是在开玩笑，这还当在自嘲的范畴。总之我想表达的是，瘦也罢，胖也罢，它都不能够成为审美的标准。这种美是动态的，美不美，取决于内在的精神层面的、文化涵养和自身气质。单纯地以身体的胖瘦来考量一个人美不美，这是没有道理的，也是不道德的。美是相对而言的，你很骨感，却缺乏教养，你再是玉树临风，也不能叫美。你很丰盈，为人热情，知书达理，温文尔雅，即便肥胖，也是美的。所以我说，咱们只要心灵美，就是美的。我不会因为你比我瘦而自卑，你也不必因为你长得养眼一点，就像火鸡一般沾沾自喜，自鸣得意。

说说我自己吧。

我少时家境贫寒，虽未曾食不果腹，但也是在对荤腥、糕点等美味食品的羡慕与渴望中长大。记得八岁时那年，有幸跟母亲吃了一顿喜酒，趴在低矮的桌上一口气吃了好几块大肥肉。当时不懂得母亲的尴尬，只记得主人的话甚是中听：能吃好哇，有口福！

有口福却没处去享，惹得西边的三奶奶见我便捏我胳膊叫“小瘦鬼”，害得我上学放学都绕道而行……我那时确实瘦，瘦得皮包骨头，按现在时兴的话说，我很小的时候就很“骨感”了。如此说来，我也曾经是个资深的骨感少女了。呵呵，我却并没有因为骨感而得意。相反地，我嫌自己太瘦了。瘦得如此吓人，哪里还有美呢？

我于是“发愤图强”，见到能吃的东西，我就会吃上一肚子，发誓让自己胖一点，以改变自己“贫瘠”的面貌。好在日子越来越好，现在只要勤快，肉肯定是有得吃了。吃穿不愁日子顺心，等感到大鱼大肉不再具有诱惑力时，猛然惊觉：一个骨感少女早已经变成肥婆了。我终于改变了自己的面貌，一个胖子就在这样的大好形势下诞生了。

丈夫的话颇是“耐人寻味”。他说，人家女人像温柔的羊羔，咱家养了个“牛犊”。这话乍听还很礼貌，但是你若冷静下来，细细品味，这貌似礼貌的话会在不声不响中让你哭笑不得。这不是埋汰人吗？居然还埋汰得这么“艺术”，不动声色。哪个女人会说自己像牛犊？像牛犊的女人还是女人吗？显而易见，我的肥胖资本在男人面前遭到了冷遇。孩子说话是小心翼翼的。他们说，妈妈，这件衣裳你穿小了，记得早些时候您穿得还是挺合身的，现在怎么就缩水了呢？你洗了几遍了？我的乖，这些“狗崽子”说话更有“艺术”，真是唾沫能压死人啊，杀人都不见血的。对我微笑的是小贩，因我在买菜时对他说：两毛钱不用找了！毕恭毕敬的是服装店老板，说是您进来看看，我们店里款式多尺码全。留意身边那些窈窕淑女，举手投足皆恰到好处，眉宇之间顾盼生辉，惹得路人频频回头，每到一处都是笑脸相迎。恐慌之余，翻杂志逛超市竭力查找有关减肥信息与方法，历尽艰辛却收效甚微，方知为时已晚。

还好。也有人夸过我。比如减肥店老板娘，一见我她就笑，说，大姐，您这身材长得真好！要不要进来看看，我们为您护理得更好一些？哈哈，我终于找到了一点“自信”。

恨铁不成钢，但日子终究要过。自知缺憾，天长日久竟学会了以宽厚和善取悦于人。油漆店里买漆，娇弱的女店员搬一桶油漆仅走几步便娇喘连连，被我英雄救美似的接过来健步如飞搬进车内；邻居家装修期间，常常自告奋勇帮弱不禁风的女主人搬这抬那；公交车上主动给老弱病者让座并搀扶一把……这颗心常因别人的感谢而感动，因别人的赞扬而喜悦。自成人以来，本人未曾向医院做过任何贡献，难免心里有些过意不去。想想还是去无偿献血吧，利人又不害己，何乐而不为。献完血乐呵呵向医生道谢，医生说应该谢谢你才对。我笑答：谢谢你们帮我减肥。

您看看，胖者有什么不好？

当然解嘲归解嘲。一个人太胖了，肯定也不好。你想想，两条小腿，天天驮着一百几十斤肉走来走去的，能不有压力么？于是，饮食要有节制，是必须的，有些忠告要慢慢遵循。遇到烦恼时，您可以慢慢品尝食物，但不能暴饮暴食。吃东西，它会给您带来安慰，在吃的过程中慢慢消化了焦虑，退却了烦躁，淡漠了屈辱，化解了怨恨。吃没了尖锐与刻薄，吃没了利欲与纷争，渐渐心宽气顺。一觉醒来，海阔天空，柳暗花明又一村。

肥胖如我者，实在无能力改变也莫烦恼，从容自信也会带来快乐，就以肥为乐吧。

话说小人

这个题目有点大。虽然说的是“小人”，但是何谓“小人”？小人和君子的长相有什么区别么？我们观察小人，依据是什么？是靠形体甄别，还是靠语言、状态、心理特征甄别？这其实是一件比较困难的事。因为天下之大，不是当局者，你根本无法发现谁是小人。而且，世上原本是没有小人的，“人之初，性本善”，说的就是大家的心原本都是一样善的，生命最初的诞生状态是没有是非丑恶的。那为什么后来又有了“君子”与“小人”之分了呢？这个概念依然是相对的，它不是绝对一成不变的。比如，某人对你不恭，一直想与你作对，或者颠覆你什么，明里暗里百般刁难你，在你看来，他就是小人。他怎么就成了小人了？因为他想占据你的利益。他和你的某些方面休戚相关，在物质、名誉或者地位上的不同，才导致了他对你耿耿于怀，时刻想玩弄你于股掌之间，却不敢堂而皇之地走公开竞争之路。于是，在你的视野里，他的“小人”的雏形就慢慢地形成了。但是，反过来看呢，他在他的家人面前，领导面前，又坦坦荡荡，毕恭毕敬，唯命是从，唯马首是瞻，又俨然是“君子”了。你说他是小人，在他看来，你同样是小人。

所以呢，小人是在利益分配中产生的。人性善，人性也是恶的。在强取豪夺、杀人越货的利欲熏心下，有时候，君子也会变成小人。反之亦然。世上没有天生的小人，就像没有天生的君子一样。话又说回来，人性是恶的，控制不了人性恶的一面，任由其“发扬光大”时，他就毫无疑问是小人了。

所以，人世间又的确是有君子和小人存在的。尽管外形上没有明确分野和标志。但细细思索一下，大约小人也还是有一些特征可寻的。“小人”这两个字，平时经常耳闻目睹，只是没有深刻地去想。但如果由于某种因素使你需要仔细斟酌小人时，你真的会觉得有很多话要说。

人人皆知，君子可敬，小人可恶。还是先人明智，早在古代便把“君子”和“小人”区别开来。小人之“小”，不是指身材、年龄或地位。小人一般心胸狭贪欲宽，胆量小野心大，目光浅阴谋深，能说会道而口是心非，耳聪目明却心里阴暗。并不是所有的小人都有能力祸国殃民、谋朝篡位，他们通常不像强盗那样明火执仗强掠硬夺，而是像病菌一样潜伏在空气中，看不到、摸不着，防不胜防。有可乘之机便蠢蠢欲动，一点蝇头小利或卑微之名便令其费尽心机绞尽脑汁甚至不择手段地去获取。这便是他们的“小”之所在。

小人看不得美好的东西。美好的事物对于他们来讲就是要占有，而不是由衷地去赞叹或欣赏。一旦得不到，他们就会端来一盆脏水猛泼上去，使其不堪入目后才能心安理得地转身离去。你的财富、你的地位以及你的快乐，千万别有意在小人面前展示。

小人天生嫉妒，容不得别人超过他。他不愿努力上进，而是苦心思索着如何把别人拉下来，再踩在脚下，从而显示自己。或者像凌霄花一样攀着别人的高枝炫耀自己，得势时不以为耻反以为荣，甚至沾沾自喜。然而，小人不会嫉妒盖茨的财富，不会嫉妒总统的地位，也不会嫉妒明星大腕们的才华与名气，因为那些人遥不可及。小人嫉妒的往往都是身边的人。所以，小人，你离得越远越好。

小人生性爱说谎，谎言是他们的必备工具。为了达到自己的目的或者宣泄怨气，他们会昧着良心说话，或者自吹自擂炫耀自己，或者花言巧语恭维别人，或者无中生有中伤他人。小人的谎言永无止境。为了证实谎言的“真实”，小人一般都爱赌咒发誓。殊不知，谎言就等于在自己生活的区域埋下了一颗颗地雷，时刻要提防着被戳穿。一句谎话出口，有时需要再说十句百句方可自圆其说。小人为谎话圆满而欢喜，为谎言戳穿而恐慌，他们的心情跌宕起伏，很难像常人那样心安理得、心平气和。这就是小人，他们甘愿把有限的精力投入到无限的谎言中去，乐此不疲。

小人生性爱虚荣。小人也有慷慨解囊或者行侠仗义的时候，但他所帮助的对象必须是不看重自尊、能够满足他虚荣心的弱者，从而能在别人面前显示他的英雄气概。前提是你要永远衬托他的高大，永远甘愿做满足他虚荣心的工具，否则，他就不会让你安宁。小人的账算得非常精细，他的收获必需大于投入，亏本的事他绝对不会做。小人的付出，绝对不是对你个人，而是他的利益。千万记住：小人的情欠不得！

要提防小人基本上很难。小人的“小”字一般不写在脸上。小人善于伪装，他不惜卑躬屈膝低声下气博得你的同情，更不惜辗转奔波鞍马劳顿博得你的信任。等你发现他的真面目心存戒备时，基本上就是他撒泼的时候到了。小人撒起泼来很可怕：时而可怜，时而凶狠，时而奴颜媚骨，时而丑陋狰狞。你若置之不理，因你与他已有“旧情”所牵，或者他已抓住了你什么把柄，处理不好纠缠起来会没完没了。你若翻脸对抗，正遂小人心意。小人有的是时间和精力，他最擅长搬弄是非颠倒黑白，他巴不得和你撕扯在一起污染你一身脏水招摇于众，让人误以为你和他是同类，让你百口莫辩有苦难言。你只好以吃亏、忍让来求得安宁，好比被恶狗追赶，你扔块骨头以求脱身。但是，狗的目的只是一块骨头，而小人的欲望不止于此。小人会得寸进尺，只要感到你对他不利，他不会轻易罢手，他想整垮你到你无力对他构成威胁方觉安全。狗若穷追不舍，你可以一怒之下打跑它，不过向主人赔礼道歉损失些钱财即可了结。而小人再可恶你却奈何不了他，否则犯法的是你而不是他，你可吃了大亏。小人与恶狗仅不同于此。

对待小人，只有谨慎小心，镇定自若，不卑不亢。别怕小人纠缠，他们虽然诡计多端，但往往不得人心，没有过硬的后台，也没有多大的本领。别怕小人撒泼，你小心避让，等到他黔驴技穷时你就得以安宁了。也别怕小人恶意中伤造谣诬蔑，他们没有本事让公众都来歧视你，事实自然会摆平这些。

痛恨小人，可以口诛笔伐，但无法让他们从人类中消失。在历史的舞台上，历来少不了“小人”这个角色。就让他们用自己方式苟活于世吧，只要他们自己不觉得寒碜。

第三辑　凡人俗事

隔壁木匠

这是城市偏远的一个角落，错落纵横的破旧民房租住着来自五湖四海的人。

刚搬过来的那阵子，对这个地方很不适应。人生地不熟，购物、出行都要向别人打听，生活琐事都要慢慢摸索。还有，这地方远离市区，居住在这里的人，多是来讨生活的，脸上身上总是灰垢模糊的样子。和他们对照，总会产生一种同病相怜的感觉，总觉得有一点不对劲儿。但是说归说，像我们这个情况的异乡人，初来乍到，能在城市有一个地方居住已经不错了，哪还敢有什么奢望呢？我们的生活都是差不多的，这大概就叫人以群分、物以类聚吧。我们是没有资格嫌弃这个地方的。开始不适应，但看在房租便宜的份上，慢慢的，我们也就适应了。

好不容易适应了下来，又有一件难心的事让我们不适应了，那就是我们的隔壁邻居。隔壁住着木匠。住着倒也罢了，他们偏偏要在晚上加工白天没有赶完的木工活。动用的是电锯。那电锯锯木头，发出刺耳的声音，吵得我们不得安宁。每每刚刚熟睡，一声电锯声“吱——”地响起来，我们就醒了。醒了以后，再也无法安静入睡。我们只能捂着耳朵，把脑袋缩进被子里，强行让自己入睡，等待窗户发亮，东方既白。短期还能对付过去，当电锯声成了他们的生活常态时，我们就无法忍受了。可是，人家木匠是先来的，在这里住看样子不是一年两年了，我们刚来几天，难道让人家搬走？

实在没辙，当有一天晚上电锯声再次猛然响起的时候，我的老公突然从床上跳起来。他带着几分醉意，粗鲁地敲响了隔壁木匠的门。门开处，我们真真切切地看到了两张灰突突的脸。一个是男人的脸，黝黑，干巴，苍老，脑门上布满了锯末子。另一张是女人的脸，也同样发黑，干涩，似乎正常的生理周期都已停止的样子。腰和腿都有点弯着，显示出劳累的情形，短发上落着几片刨花。

我家的男人看着隔壁的男人。他用并不友好的声音责令对方停下木工活。因为太吵了，影响到邻居休息了。木匠张了张嘴巴，刚想说什么，被他那一脸老实相的老婆拦住了。

我们回到自己屋里不久，电锯声就停止了。但是，“嘶啦嘶啦”的手工拉锯的声音又低低地响起来，似在做一种忍气吞声的回击和抗议。

我们也不便再说什么。从那以后，每晚八点钟后就没有听到电锯叫了。他们总是把该锯的木料白天加工好，实在来不及就用手工锯子拉，经常凌晨一点钟醒来还听到叮叮当当的响声。第二天早上，六点钟他们准时吃饭，然后，男人把做好的物件绑在加重自行车上，女的麻利地收拾完家务，帮男人推自行车。往外走是一个坡，我看到女人帮着男人推车，常常弯着腰，一张汗涔涔的脸几乎贴到地面了。上了出口的那个坡，男人骑上车子离去，女人呢，便去了另一个方向。后来我知道，男人去交货，女人到街头摆摊接生意，下午回来继续做活。这就是他们的默不作声却又相依为命的人生。

有天早上，我刚打开门，木匠的老婆就找上门来："妹子，这是你家的鞋子吧？"

我看到木匠老婆手里提着一双鞋。那鞋子的确是我们家的。

我从小就是个让母亲发愁的"马大哈"，曾不止一次丢东西，可搬来这里后再也没有丢过。以木匠老婆送鞋来为开端，好像每次遇上下雨天，木匠老婆只要在家，而我们又还没有回来，她都会帮我把东西收进来。她家里有什么地方特产，她也会拿来给我们尝尝。我们两家的关系在她不间断地努力之下有了很大的改善。她在努力，我也必有回报。我和她互以姐妹相称，木匠有时还帮我家修修门锁、钉一下纱窗、做个小凳子……从那以后，我们再也没有为电锯声争执过，而那电锯声听起来，好像也带了某种感情，不那么刺耳了。

木工家的生活比我们家更简朴。他们在门外垒了一个与城市极不相称的小土灶，燃料便是用不完的刨花和碎木头。屋子里的地方不大，墙壁黑乎乎的，除了一张可以容身的床，余下的空间几乎都被木料占满了。所以这与其说是住房，不如说是仓库更为妥当些。

他们每天早上起来煮一锅米饭，中午和晚上热着吃就行了。

菜更是简单，多半是菜场廉价处理的蔬菜，买一大兜够吃几顿。偶尔也吃点鱼肉，却是很少。几年来，我只见过木匠老婆穿过一次新衣服。那是去年夏天，她回老家过了一段时间，回来时穿着那身新衣服，说是为送儿子去上大学才买的。新衣服就见她穿那一次，后来就没穿过了。她乐呵呵地解释说，干粗活儿，有好衣服也穿不好，收着回老家再穿。

一天中午，我在屋里打盹，忽然隔壁的电锯声戛然而止，我就像摇篮里昏昏欲睡的孩子，一停止摇晃马上醒了。接下来，我听到了一声尖叫，那是木匠的声音，我正欲出去，只见木匠捧着着血淋淋的右手来到我家门口，他说，我的手指被锯断了。他老婆吓得惊慌失措，在后面哭个不停。

赶紧叫车送他去医院。清创完毕，医生让他立即准备六千块钱做接指手术。六千块！在十年前，可是个不小的数目。因为疼痛，木匠的脸色发白，嘴唇发青。我原以为木匠能答应的，没想到木匠摇了摇头，断然地回绝了医生的建议。木匠淡定地说，一截破指头，这么值钱？我不要了。

他老婆坚决不依。我在一旁劝着木匠，不能糊涂啊，一个好好的人，咋能少一截手指头呢？手指头短了，以后还怎么干木匠活？钱是什么东西？钱用完了可以再赚，错过这个时间手指就没法接了。木匠说，又没断掉多长，不影响我干活。木匠说完走了出去。我和木匠老婆跑到走廊尽头去找他，继续劝他做手术。木匠却说，接不上了，被我扔到厕所里去了！木匠老婆哭着往厕所里跑，被木匠用没受伤的左手拉扯，骂她：女人家就是哭哭啼啼没出息，手指大的一点残疾，难道就配不上你了？呵呵。今天现成的六千块钱不赚，以后赚钱容易啊？我才不那么傻。说着，他那黑里透红、胡子拉碴的脸上还露出轻松的笑容，好像刚赚了钱似的。

他老婆在男厕所门前犹豫了，木匠使劲把她拖了回来：那里你也敢进，不怕丢人现眼？早被我冲到下水道里去了！她站在那里哭，木匠板着脸骂一会儿，又嬉笑着哄劝一会儿……结果只花了三百多块钱包扎了伤口。回去时，木匠死活不再搭的士，只好乘公交车回家了。

那晚，隔壁的做活声破例没有响起，我却怎么也睡不着了。

好人羊蛋

那段时间，给一个新建材市场配送装修材料，忙不过来，临时请了几个搬运工，“羊蛋”便是其中一员。

羊蛋，原本是羊身上的一个部件，现在被用到一个男人的身上，这就有点匪夷所思了。他是我从老家请来的。我只知道，他在老家的时候，整日里扛着冰糖葫芦游街串巷，一天也就赚个三十、二十的，看他也是一个劳动力，做那小营生有些可惜，就把他带来了。反正来了有饭吃，有活儿干，有钱拿，总比在家里卖糖葫芦赚得多些吧。但是我却没有问过他爹为什么要给他起个名字叫“羊蛋”。也不知道这古怪名字有何意义，按推测，应该是我们老家封建迷信的一种说法：赖名好养活，阎王爷不收。还可以按读音理解为“洋蛋”，方言就是蛮横、不好惹的意思。但后者与憨厚老实的他根本挨不上，他顺理成章地成了“羊蛋”。因为他没上过学也没娶过妻，外人没有人知道他大名。

羊蛋实际年龄四十岁不到，但他那张褶皱纵横、灰土斑斑的脸把他的年龄起码虚报十岁。羊蛋天生一副笑脸，父母好像只为他设计了这一种表情，不管何时何地，见到他时都是笑容满面。

人虽然长得砢碜了点儿，但是干起活来，羊蛋可是一把难得的好手。一天活干下来，工友们身上尚且干净，唯有羊蛋，除了会动的嘴巴和眼睛能证明他是个活物，别的地方全被水泥灰沾满。问了才知道，哪里有脏活哪里就有他。原来羊蛋憨厚，那几个工友耍了滑头，把一些苦活脏活都给了羊蛋。羊蛋虽说看起来有点憨，可是他心里一点也不憨。他虽然在嘴上没有说什么，可在心里，羊蛋止不住地想笑，笑这几个家伙耍滑头干吗，不想干活，留着力气回家吓唬老婆啊？羊蛋这么一想，就嘿嘿地笑出声来。几个人都看到羊蛋笑了，于是就觉得这羊蛋确实有点儿憨。

他干的是搬水泥，这可是苦活儿。水泥袋动一动便烟尘弥漫，羊蛋顶着烟尘来往穿梭，有时搬有时扛，随叫随到。工友们有的推小车上电梯，有的搬砖头卸石子，身上没有多少灰尘。我想为他说两句话，他却自己打起了圆场：脏活就一个人干吧，都弄脏不好。我也是无语了。工友们笑他，他拍拍衣服上的水泥灰，兀自也笑了起来。工人们开羊蛋的玩笑，打趣道：羊蛋脏一点没有关系的，又没有老婆，一人吃饱全家不饿，穿那么干净干吗？我觉得这些话说得严重了，我看看羊蛋的脸有没有红，那脸上除了看到一脸水泥灰，别的什么都没有变化。看来羊蛋在老家被人奚落惯了，他已经无所谓了。

吃饭的时辰到了。打来了盒饭，几个工人一哄而上，各自挑走了适合自己的饭菜。剩下的不是菜少就是没肉，羊蛋走过来，也没说什么，捧过饭菜，就闷头大吃起来。我有点看不下去，没等我说话，羊蛋却说：老板娘，不碍事，能吃饱就好。你看看，这就是羊蛋，你想抬举他都没有机会。工友们得意地在旁边暗笑。我也只好随他了。

我原先以为羊蛋是没有脾气的人，心想这个家伙也就是大伙开涮的对象。没想到有一件事，他却干得与众不同，简直令我刮目相看了。那回，有几个卖货的同行要来欺负我们，耀武扬威地冲几个工人撒野。工人们敢怒不敢言，眼看着那几个人骂起来了，羊蛋突然蹦了起来，像一只点着了火的雷管，跟他们大骂起来。羊蛋骂人的时候没有笑，脸涨得通红，脸上青筋暴起，然后找到一根棍子握在了手里。那个时候，才显示出“一个人吃饱全家不饿”的优势，天不怕地不怕，羊蛋摆出了一副玩命的架势。从来没看到过羊蛋这样一种表情，连我当时都被吓着了。那几个人最终没敢动弹。后来商场的保安过来解围，才算了事。

从那以后，那几个工友不敢对羊蛋乱开玩笑了，也不敢在羊蛋面前抢吃抢喝了。这反倒让羊蛋拘束了许多天。

我在心里暗暗为羊蛋庆幸，觉得羊蛋也有了光辉的一面。像老师偏袒优秀的学生，我把一瓶营养快线奖给了羊蛋。羊蛋受宠若惊地接了去，还连连道谢。工友嫉妒说：老板娘真疼你啊。羊蛋红着脸笑而不答。吃完饭，其他工人们还在休息，只听到楼梯口传来“咚咚咚”的响声，原来是羊蛋从楼梯口拉着空的翻斗小推车下来了。

危险的一幕就这样发生了。商场的楼梯又高又陡，翻斗车“噔噔噔”地拽着他直冲下来。他的双脚已不听使唤，他的手已控制不了车把，他吓得脸上变了色，张开大嘴嗷嗷大叫起来。眼看着翻斗车即将冲下来，楼梯旁边还有走动着的人。就在那万分危险之际，我一个箭步冲过去，伸开双臂挡了上去。

车子的下滑被我止住了。

羊蛋摔倒在我的身上，他羞得慌忙爬起。楼梯对着的玻璃导购台总算没事，但羊蛋的手掌摔伤了，我的后脑勺也重重地摔了一下。羊蛋脸涨得通红，边扶我边结结巴巴地说："老板娘……开电梯的还没上班，我想把小车拉下来先把沙子装好……"我气得不轻，却没忍心骂出口。

晚上收工，在路边的小饭馆吃饭，我特地要了一个羊肉锅犒劳他们。我没有跟那些男人一起吃。因为我知道，男人们只要在一起吃喝，两杯酒下肚，就开始扯黄腔，满嘴跑火车，荤的素的一起来。那种玩笑，这几个男人开起来可是没边。我点了一份馄饨，在旁边的桌子上慢慢吃，边吃边等着他们。几个工人吃得脑门流汗嘴巴冒油，边吃边开心谈笑。一个工人在锅里翻来翻去，另一个人说，吃就吃不吃拉倒，乱翻什么？那个工人诡秘地笑着说，看看有没有羊的那个。边说边坏笑着瞅羊蛋，桌上人顿时哄堂大笑。羊蛋涨红了的脸上仍堆满笑容，只骂了一句：不要脸。酒过三巡，有人问起羊蛋，你一个人，这么拼命地累，挣钱留做什么。羊蛋说：留给弟弟还债，还有侄子念书。工友打趣说：你可真会心疼人啊，干脆就和弟弟一个老婆算了。羊蛋再骂：不要脸。

过年的时候，他们结账回家了。从那往后，我再也没有看到过羊蛋。我平时很少回老家，也不知道羊蛋怎么样了？还会不会和从前一样在村子里东游西逛？或者为了别人家没命地干活？他现在是不是找到女人为他洗衣做饭了？

十年过去了，我在今年的春节前夕又遇到了羊蛋。

那天我开着爱车，带着女儿从集镇上赶回家。透过前方玻璃，我看到一个外形很像羊蛋的人，手里提着大大小小的塑料袋在前面走着。看样子买的东西不少，拎起来很是吃力。走到跟前，我摇开了车窗，对外面喊了一声羊蛋。果然是他。还是那张笑脸，几乎没怎么变老。这也可能是他长得着急了些，然后停止在那里等着别人吧。只是一句玩笑话，见到他还是很亲切。互相寒暄过后，我停在路边让他上车，带他一程。羊蛋还是受宠若惊，看看自己身上的衣服，却无论如何不肯上车，转过身继续赶路。没办法，我只好开车走了。

羊蛋的影子再一次在我的记忆里翻腾。他转身离去的背影并不高大，却走得坚实。这些年来，我曾多少次默默地为他祈祷：好人一生平安。还有个心愿，希望他今生能遭遇一段属于自己的爱情。

随他怎么说

那是多年前的一次旅行经历了。按说，也谈不上是什么经历，就是一次出发，从蚌埠到上海——从故乡到异乡。我们在上海做生意，而孩子又在老家蚌埠读书，这样，我就像是一根线，经常来回串接两头。一头是孩子，我要经常回去，关照关照他们；一头是男人，我同样也要经常过去，关照关照他。这么想来，我作为女人的角色，原来就是关照别人，而从来不曾关照过自己。

那次从蚌埠启程，乘上了开往上海的火车。其实是一次平常得不能再平常的前往，也没有什么好说的。一车厢的人，挤挤挨挨的，被列车摇晃得昏昏欲睡。抽烟的、吃东西的、脱鞋抠脚丫子的，都有，我在这种混合的气味里打起了盹。而之前，我是看书的。我有一个习惯，每次出门，包里都要带上几本书，随便翻看，借此打发冗长的时光。

那天在自己的座位上坐好后，我翻开随身携带的书，看了几页便困倦起来。由于经常往返颠簸，坐火车已习以为常，不太关注车里车外的事情，犯困就睡。在似睡非睡之际，我发觉对面那位衣冠整洁的男士在关注我面前的书。很显然，他也是想看书的，他同样也需要打发无聊又漫长的时光吧。从他的角度，他看到的字应该是倒着的。倒着看书当然吃力，我便默不作声地把书调个头放在台子上，并往他面前推了推，然后枕着胳膊伏案而睡。

一觉醒来，已到镇江站了。那位大哥果然在看我的书。他见我醒来，便不好意思地把书调回头给我，并道了谢。听口音也是蚌埠人，我们便聊了起来。从天南地北聊到此行的目的地，原来他是去上海拜访朋友。他说十年前去过，现在都忘了。他拿出朋友留给他的地址给我看，问我是否知道那个地方，并问我从哪里乘地铁。我对他说，我不仅知道，而且还很熟悉，到火车站我告诉你该怎么走。

旅途还很长，我又打起盹来，仍把书推给了他。就像一出哑剧，我们来演，我给他书，并没有说什么，他却是领会到了。不需说话，只需用手轻轻地拿起就是了。在旅途，这种感觉经常会出现。人们坐在同一节车厢，自觉不自觉地都成了表演哑剧的高手。有种默契在生长，这期间，你打算到卫生间去，只有轻轻动一下脚，就会马上有人为你让开；你想做什么，邻座就会慢慢地动用肢体，为你提供某种方便。不需说话，肢体语言是最好的语言。

就像我和对面彼此是不认识的，但是因为旅途，一种东西就会慢慢交集慢慢融合，至于是什么，不知道。大约是人在旅途结伴意义上的一种默契吧。

我虽然打盹，但是我知道对面的男人肯定在看书。车到了昆山站，我再次从迷糊中醒来，抬起头，果然对面的男子在看我的书。

他再次把书还给我，我们接着聊天。他说准备后天晚上返回，问我乘哪班车合适。我说，如果能确定回，你就买5022次，11点多发车，天亮正好到蚌埠。那班车是普快，票价便宜，买卧铺正好和空调硬座价钱差不多，一觉正好睡到家。

男子没有说什么。我能够告诉他的也只有这些了。亲爱的读者，你别指望我和他之间能发生点什么浪漫的故事。我的浪漫都给了我的孩子和我的男人了。现在能够想的是赶紧到目的地，因为几个小时下来，我快要饿死了。

上海火车站终于到了，我拎着行李，对面的男人跟在我身后下了车。我忽然想起一件事，于是告诉他：你现在出站正好买返程票，回来现买可能买不到，即使买到了也可能没有铺位，早买好早安心，和朋友开怀畅饮后不慌不忙地赶来乘车也不迟。他对我点点头。出了站，我七弯八拐地带着他去了售票处，买好了票又带他返回来乘地铁。我和他同乘1号线，我往北他却往南，我们是相反方向。等地铁之际，我又叮嘱他到漕宝路站下，从4号口出去向左转……临上车时，他向我挥了挥手，将所有的感激化为了三个字：谢谢您！我也潇洒地挥了挥手：别客气，谁叫咱是老乡呢！

仅此而已。二人剧结束，我们彼此能够获得的只会是两个字：谢谢。

这就够了。

但是事情还没有结束。

出了地铁站，我远远地就看到老公的车等在那里了。我自然很欣慰。想想自己在火车站帮助人家做了一回好事，而且那个人也喜欢看书，又是个蚌埠老乡，我能不高兴吗？没想到接下来挨了老公一顿劈头盖脸的问话。

老公问：怎么现在才到？我把事情的经过绘声绘色地告诉了他。我看着老公的脸，等着鲜艳的花朵在他的脸上盛开。可是老公的脸色有些难看，轻轻地开了口，跑出来的是一句骂：傻女人，你逞什么能？我不解：怎么了？老公解释说：人家说不定要乘高级软卧呢，你硬带人家买便宜车票。我说现在气候不冷不热，不需要多花那一半钱乘空调车。这不是省钱吗？老公无奈地说：就是讲死理，脑袋里装的都是糨糊！现在的男人你不能对他好，你知道他背地里会怎么说吗？我说，会怎么说？老公列举了几种可能：他会对朋友说，今天遇到个女的对他怎么怎么好，可能是看上他了；他朋友会起哄说怎么不带来给哥们瞧瞧？他也许会吹嘘说你硬要跟他去但他没答应；他们会在酒桌上胡说八道拿你开心……

啊？我惊得张大了嘴巴：现在的男人真的都是这样吗？

我对老公的话似信非信。那个人，他真的会这样说吗？他为什么要这样说呢？现在的男人都是这种德行吗？他如果真这样说，嘴上说的时候，心里会怎么想呢？可是……

随他吧。反正他也不知道我是谁，随他怎么说吧。

都市里的修车人

那是多年前的事了。

有一天，在我们住处前面的十字路口来了个修自行车的男人。男人蹲在路边，面前摆放两个打气筒、几只自行车轮胎和一个工具箱，这便是他的全部家当了。一整天他都是或蹲着或站着，几乎没有做生意，傍晚时收起东西走了。

守株待兔了一天，脑门上明晃晃的油都晒出来了，也没有等到半只兔子。我心想，这个修车的老头明天肯定是不会来了。

第二天一大早开门，往十字路口一瞅，那男人已经将修车摊子摆好了。靠在路边，不影响车子过往，一些灰尘扬起来，男人在灰尘里，就像在硝烟弥漫的战场上。

我家有木板做的简易凳子，我拿了个凳子给他坐，并指指我家的小店让他走时送回去，他慌得语无伦次连忙道谢。我这才看清他的年纪并不大，也不过是个中年人，脸上堆着憨厚而又和善的笑容。是他的穿着及黝黑的皮肤让我误把他当成了老头了。

命运卑微的人总是把别人对他的一点好记在心里，并时时寻求着回报的机会。我不过是随便提了一个凳子给他坐一会，他就记住了我的好。后来，我每次推着自行车到他摊子上打气，他都好像怕弄脏了我的手似的，绝不让我动手碰那打气筒。他自己帮我打气，小心谨慎得就好像那气筒是金子做的似的，而且呢，说什么也不收钱。至于添加配件，他会把购货单子拿出来给我看，说是多少钱买的，他只收配件成本，从不多收一毛。好像多收了我的钱，就会遭到什么报应似的。

他就在那路口一天天干起来，生意渐渐地好了起来。来修车、补胎的人还真不少，那人跟我说，每天能赚二三十块钱了。不错。仿佛是个秘密，修车人小声得意地笑着。

有一天他到我店里聊天，要我帮他找一间便宜的房子把家搬过来。他说老婆孩子也在上海，为了生那个小的男孩三年没敢回安徽老家了。

我在附近打听半天也没有便宜的房子，最后想起了左边那间堆放杂物的小屋，便找房东商量租给他们。我和房东比较熟悉，也许看在我的“面子”上吧，房东居然答应了。但是里面杂物太多，地方又小，修车人自己要收拾。杂物只能往高处堆放，不许搬出去。至于房租，可以减少。事情确定下来后，我跟修车人讲了这事。

男人听了很高兴。如获至宝，连夜收拾，还真腾出了七八平方米的空间。房租在我交涉下也谈好了，本来两百块的租金只收他们一百块。第二天下午，一个浩浩荡荡的“队伍”就开了过来：前面是男人的三轮车开道，车上装了几只肮脏的大蛇皮袋，看样子是衣服被子之类。蛇皮袋下的车斗里是锅碗瓢盆等用具，还有一个用绳子绑在车旁边的旧童车；排在第二的是个推自行车的女人，近看年纪也不大，但是黑瘦黑瘦的，紧板着面孔，好像从来没有见到过春天似的。身穿一套肥大的旧睡衣，脚上趿拉着手工做的布拖鞋，背上背着个几个月大的孩子，后座童椅上坐个两周岁左右的光头女孩；断后的是个四五岁的小姑娘，小脸脏乎乎的，鼻孔下边残留两条鼻涕印，两只羊角辫儿蓬松在脑后，捆辫子的橡皮筋已滑落至发梢，随时都有脱落的可能。她皱着眉头无奈地在后面走着。一眼望去，整个“队伍”灰不溜秋的，像是战场上撤下来的残兵败将。

接着便是“安营扎寨”，这下，寂寞的空间就热闹多了。这车来车往的城里又多了一处人间烟火。女人把孩子放在草席上帮男人收拾东西。孩子在草席上张大嘴巴哭，不管不顾地把眼泪鼻涕往一起混合。女人一声尖叫，那孩子突然不哭了，好像被麻利的瘦女人施了咒语，点了穴位。小姑娘在门口水龙头上玩起了水。席子上的孩子又哭起来，女人走过去，对玩水的小姑娘啪啪给了两巴掌：“叫你没记性！哄弟弟去！”小姑娘没敢哭，她毕竟是个丫头，是不招人待见的。她又比弟弟大几岁，所以她知道哭的结果。挨了打就没有哭，只是撇着嘴慢慢地朝席子挪去，眼里充满了委屈。那个光头的女孩则蹒跚着向我店门口走来，头上的一个疮疤在夕阳下明亮亮的，就跟她的爸爸把一块补胎的橡胶皮补到她的头上似的。我拿了一根棒棒糖给她，被她爸爸呵斥着夺了下来。小女孩也“哇”地哭开了。男人憨厚地笑笑，难为情地从衣袋里掏出 5 毛钱丢在柜台上。

就这样我多了这家邻居，别人都说我请了个戏班子。每天孩子哭闹声、大人叫骂声此起彼伏，偶尔还夹杂着打破东西声和巴掌鞋底打孩子声。说起来，也是厌烦，我这是不要清静，自己为自己营造了一个“闹市”。话又说回来，还是闹一点好，人在异乡，我们都是空心人，空落落的。有时，是凡尘的吵闹声，安抚了我们孤独的灵魂。

每天早晨，小女孩都是一只手揉着惺忪的睡眼，另一只手拎着小塑料马桶，身体竭力地向左倾斜着，趿拉着手工做的布拖鞋艰难地向公共厕所走去。不一会儿，她荡悠着空马桶从厕所的方向回来了，左手还拿着个热包子津津有味地吃着。那女人好像生来不会笑，嗓门却是高得惊人，骂起孩子总是最高的分贝。好在她手脚很麻利，就连骂人的时候也是随着声音高低快慢的转变而有节奏地忙碌着。上街买菜时，车后面驮着两个孩子，回到家一个个放下来接着再做饭。那男人每天都守在路边，只顾低头修车或抬头盯着来往行人，城市的日益繁荣与他们的存在无关。

日子在吵吵闹闹中流动着。悲喜交集。

男人一天比一天苍老，背孩子的女人日复一日地重复着她的习惯动作，骂声也一天比一天高。这是实实在在的日子，实实在在的生活。

我后来因为在其他地方做了生意，就搬离了那个地方。

前不久，忽然想起去那里看看。但那里早已拆迁，当年的住处已无处寻觅，不知道那一家人又搬到哪里去了。

胡爹

胡爹得了肺癌，在县城住院，都说他今年等不到吃新麦子了。

按理说，我去不去看胡爹，也没人在意。我们只是老邻居，自从长大后便在外地奔波，这些年很少照面。可是，从留着分头的高个子年轻胡爹，到剃成葫芦头弯腰驼背的小老头胡爹，这个阶段里曾积攒下许多无法抹去的记忆，让我非常想去看他。

在胡爹的病房门口，我被胡爹的三儿子大寨拦住了。大寨向我使了个眼色说，爹还不知道自己是癌症，千万别说漏嘴了。

胡爹正靠在病床上吊水，看样子精神还不错。老了，瘦了，慈祥而又透着刚毅的面容依然没变。我近前叫了一声：胡爹，还认识我吗？胡爹端详了我片刻，忽然说，哎呀，大壮撵来了！我惊了一下，却见胡爹坏笑起来，我也忍不住大笑起来。我说，大壮撵来我也不怕，他现在是撵不上我喽！我和大寨、胡爹又是一阵开心地笑。

那是小时候，我和小厌、小烦结伴去偷队里的瓜。眼看被看瓜的光棍汉大壮追上了，小厌小烦仗着她们的爹是队长，没怎么怕。我却吓得连滚带爬哇哇大哭，连鞋子也跑丢了。胡爹正好背着草箕路过瓜地，拦住了跛子大壮，帮我找回了鞋子，还训了大壮几句。长大后，胡爹经常拿这件囧事取笑我。

病床上的胡爹耳聪目明脑子机灵。看来我早已准备好的沉痛表情和安慰的话语都用不上了，干脆就开心地和他聊起往事。胡爹的记性特别好，我小时候怕狗啊、瘦得像小猴啊、掉水塘里差点淹死啊……他都记得。说着说着，他就不耐烦了，冲着大寨发牢骚，医生都说没什么了，还不回家，还让我在这里受洋罪。旁边病床上的人说，你早上还吐血呢。胡爹说，那是咳嗽带出来的，没啥。我安慰胡爹说，这里比在家里治疗方便啊，累了一辈子，都安顿好了，你还惦记谁啊。大寨说，他最惦记的是“大烟筒子”。胡爹摇头否认说，家里什么我都惦记！都能死得着的人了，死在家里也落个安身自在，还在这里折腾别人，找罪受呢。不行，我得出院！

赶紧跟胡爹聊天，先稳住他的情绪。我们投其所好，聊他的厨艺，聊他帮大烟筒子卖菜，聊他一身正气治家有方，七个子女个个孝顺懂事……

胡爹的厨艺，是七里八乡都知道的。胡爹年轻时候，临近村子里无论红白喜事，都来请胡爹掌勺。胡爹一把大铁铲，一条蓝布围裙，一条蓝色毛巾，就是他出场的全部行头。胡爹这个角儿，必须提前一天到主家。到了主家指定的场地，指挥人们搭棚、埋锅、铺案子、杀猪宰羊、剖鸡洗鱼……有了胡爹，才能显示出这家人是办大事的场面。

胡爹不识字，开菜单都是以口述笔录的方式。主家如果以怀疑的口气问，要不要多买点，到时候不会板场（难堪、丢人）吧？胡爹一拍胸脯说，有我呢，放心！不够的话我蹲桌上让他们啃！一个骨瘦如柴的半大老头，谁啃啊？说得人家捂着嘴在旁边偷笑，胡爹却不笑。在那个物质极其匮乏的岁月，胡爹知道自己身担重托。他把烹炸好的鱼、肉和水果等能吃的东西，全部放在案子上严加看管，晚上就睡在旁边。没有主家的话，亲戚也别想从他这里走后门拿走半点东西。等到第二天，冷盘、热炒、红烧虎皮肉、四喜圆子、酸甜汤……逐样端上桌子，诱得人垂涎欲滴。无论主家贫富贵贱，胡爹都会根据主家的经济状况，煞费苦心把桌上搭配得圆圆满满。宴席结束，客人打着饱嗝由桌上跨过长条凳子逐渐散去，胡爹才倒上二两白酒，弄两盘素菜，在灶旁的案子上轻松地品尝。主家给他端来些好菜，胡爹说，被油烟熏的，看荤菜就难受。胡爹的报酬，就是两瓶酒和两盒烟，还有一条新毛巾。烟和酒都是跟着宴席走，宴席用的啥样，就给他啥样的烟酒，当时就值几块钱而已。还有的主家会给胡爹装一盆宴席上剩下来的混合菜，带回家给孩子们解馋。已经约定成俗，胡爹也不推辞。

胡爹带回的剩菜，也不只是自己的孩子解馋。胡爹家有什么好吃的，都会有我们的份儿。胡爹家包饺子，会端一碗来给我们尝尝；胡爹家捉了鱼虾，会分一部分给我娘；胡爹家桃子、枣子熟了，我们不比他家孩子少吃。

和我们一样分享胡爹家东西的，还有他家西边隔壁的“大烟筒子”。大烟筒子可不是小孩，按辈分，我们管他叫叔。可是我们都不愿意叫他。因为他生来就闷头闷脑，一个邋遢的光棍汉，一天到晚叼着一个自制的大烟卷，因此得名“大烟筒子”，很少有人叫他名字。偶尔说两句话又硬又冲，人们都懒得搭理他。只有胡爹搭理他，搭理了大半辈子。胡爹说，是我欠了他的。

胡爹欠他什么，也是从长辈们的嘴里听说的。“大跃进”的时候，大烟筒子的爹娘都饿死了，只剩下他和哥哥两个人。有一次，大烟筒子的哥哥跟胡爹一起去镇上拉种粮，一路上饿得筋疲力尽，走不动了。胡爹看他可怜，又没了爹娘，就用脸盆从沟里舀点水，在隐蔽的坡下生火给他煮绿豆吃。那孩子狼吞虎咽一口气吞光了半盆没煮透的绿豆，拦都拦不住。可是，没等走到家，人就胀死了。胡爹揭下了自家床上的芦席把他卷了，埋在了他爹娘的身边，流着眼泪给他的爹娘磕头说，老哥哥老嫂子，我对不起你们啊。

胡爹的债就是这样欠下的。那个精明的孩子走了，剩下这个缺心眼的，天天就可怜巴巴地跟着胡爹。在那饿得没人样的境况中，胡爹艰难地保住了大烟筒子这柱香火。可是，胡爹却无能让这香火延续下去。胡爹自己也有五男二女七个孩子，却没忘记费尽周折给大烟筒子张罗女人。有逃荒来的，有残疾的，也有像大烟筒子那样少脑筋的，前后找了好几个，后来一个个都溜了。

胡爹老了，大烟筒子也有五十多岁了，种那几亩责任田有些吃力了。胡爹把大烟筒子的几亩地分给了自己在家种地的两个儿子，每年供他粮食吃，还留下门口的半亩地，打了个抽水井，装上了电动水泵，让大烟筒子在家打理菜园子。大烟筒子粗笨，但种庄稼还行。又加上他不怕脏，常去人家的茅坑里淘粪，现在要茅厕粪到哪家都任他挑。大烟筒子的菜园形势大好，黄瓜茄子辣椒韭菜，早上带着露水采摘，样样新鲜诱人。可是，拉到街上，四邻五村的人都认识邋遢的大烟筒子，见他蹲在菜摊前就绕着走。偶尔有两个不认识的，刚蹲下来想挑菜，却被他身上臭烘烘的大粪味道给熏跑了。两篮水嫩的菜又拉了回来，胡奶心疼，气得直骂：都是吃饱了撑的，再脏还能钻到菜里边去？

第二天胡爹让大烟筒子继续摘菜，而且还让他多摘，胡爹帮他整理。理好后胡爹也上了大烟筒子的三轮车。菜摊摆好后大烟筒子就溜了，胡爹坐在马扎上守着摊子。不到晌午，摊子上的菜就卖光了。前面说了，胡爹年轻时是厨师，人品好人缘也好，认识的人都来买他的菜。也有人劝他说，老胡啊，老了还不在家享清福，还这么累干什么？胡爹说，孩子种的，他们没空卖，我闲着也是闲着，再闲下去这老骨头就要生锈了。说完呵呵地笑，这笑声里也有些得意。胡爹谋了这个职业，除了下雨天，天天如此。知道底细的邻居们都在旁边偷笑。大烟筒子抽好烟的钱是绰绰有余了，可是他还是叼着那大烟筒子，连胡爹也改不掉他……

胡爹还是嚷着闹着出院了，儿女们都来到身边也没拦住，谁要拦他，他就以死相逼。都知道胡爹的倔脾气，要想让他多活几天，就只能从命了。

过了一段时间，我父亲打电话来说，你胡爹又去帮大烟筒子卖菜了。还说胡爹精神很好，神气得很。简直不相信这个奇迹，胡爹不仅吃了新麦子，又度过了金色满仓、瓜果飘香的秋季。秋收秋种全部结束后，胡爹这才像枯老的树叶终于掉下了。

最后一次见到胡爹，发现他真的时日不多了。胡爹安详地躺在自家的床上，见了我，连抬起头的力气都没有了。一张皮裹着一副骨架，让人自然而然地联想起骷髅。尽管声音微弱，但他还是想说话。胡爹说，在县医院我就知道是活不成的病了，你们还都合起伙来糊弄我，我睡着了都比你们醒着明白。

没几天，传来胡爹离世的消息，我一点都没感到意外。倒是听人说，大烟筒子咧着个大嘴巴，谁都没有他嚎得凶。

第四辑　山水田园

登上皇甫山

皇甫山位于滁州境内，据说有“皖东西双版纳”的美称，是以山林为背景的森林公园。“五一”假期，我与十几位文朋诗友们慕名前往。

汽车从我们下榻的全椒县城出发，在绿树掩映、连绵起伏的公路上盘旋了一个多小时，才到达皇甫山。我们首先参观了气势威严的大门，在“皇甫山”几个大字前依次拍了照片。大家都很开心，毕竟过惯了城市的生活，那水泥丛林的日子过得太久，以至于我们的肉体呆滞，思想都麻木了。我们渴望绿色，渴望一种灵魂不受桎梏的生活。现在，我们到了山里了，我们快乐得像一群山雀，叽叽喳喳，接近山，接近水，接近蓝天白云，接近自由的干净的人间天堂。

我们拍完照片，一行人便进了山林。山林浓密，穿行在密不见阳光的林荫道上，径直沿山路往上攀登。两边的树木高大，浓郁，虽然气势广阔，但是一点都不喧哗，愈往里走，愈是安静，清风吹过，我们几乎能听到树叶落下的声音。这条坡道很长，说是爬山，却没有一点“爬”的感觉，只是行路遇到上坡罢了，所谓一波三折、跌宕起伏，那情形大概如此吧。所以这么爬山，或者行走，我们其实不觉得沉重。在路两边，古树昂扬挺拔直冲云霄，藤萝枝蔓纵横交错，我们是置身在绿海，心情以及思想都松了绑，任由这绿色时光托着我们，任由我们的虚构和想象汪洋恣肆。

我们边走边聊，辨认路旁的植物，时有争论。能说对的人渐渐占了优势，显得见多识广，话语也因此多了起来。还有人即兴唱起了山歌，确也唱得不错。即便偶尔跑调，也没有什么，反正换来的都是快乐。

我们在一片花丛前停下来。听年长的老师介绍，那些缠绕在大树上的花，是凌霄花。凌霄花？以前在书上见过，曾不止一次地向往：那花名有壮志凌云的含义，一定很美。因此对凌霄花产生了几分敬意。那位老师却又告诉我们，凌霄花全靠攀住大树才能生存，它们吸收树干上的养分，一直爬到树梢，凌空开放着淡香的小白花。有的树被它缠绕而死，但它仍会把枝蔓伸向另一棵树，若攀不到别的树，自己也就会慢慢死去了。环顾山路两旁，真的有一些大树被藤蔓包围在中间，已经枯黄了，那些枝蔓却一派生机。心里顿时为那些大树感到憋闷，对凌霄花产生了一种强烈的憎恨：原来它是靠踩着别人的肩膀、损害别人的利益来炫耀自己！我在一棵大树下寻到了凌霄花的根，奋力将它拔起。谁知它的枝藤也节节生根，牢牢地抓住树干，扯也扯不断！据说没有下面的根它还可以照样活着。老师笑着说：你就歇歇吧，你能把这满山遍野的凌霄花都除掉吗？这话点醒了我：是啊，万物众生皆有自己的习性，岂是你能改变得了的？只有提醒自己：不做凌霄花。

我们自然想到了著名诗人舒婷的那首经典的诗《致橡树》。那里面说到了伟岸的橡树，也说到了“借着高枝往上攀爬”的凌霄花。虽说是花，但是花品亦如人品，人品也又似花品。世间万物都有灵，什么值得歌颂，什么必须针砭，我们透过花性看人性，很多东西都明了了。

山坡并不算陡，但一路上峰峦起伏连绵不断，七弯八拐却没有尽头。刚来时的轻松荡然无存，队员们有的开始叫苦了。眼前的大路旁岔出一条羊肠小道，时隐时现直往山顶延伸，山崖陡峭，荆棘丛生。有人提议要从这里上山，说是这样才有攀登的味道。随着有人响应，几个年轻力壮的男士开始攀登了，年老体弱的队员仍从大路上走。我犹豫了片刻，上！不做凌霄花。

那种攀登，是对人的勇气、体力和毅力的严峻考验。我走在最后，手抓青藤脚蹬岩石奋力追赶，紧跟着前面一位男队友。稍有松懈就会陷入进退两难的境地，极有可能独自被撂在这深山里。咬着牙爬了一段，我在一块巨石前停下了：那里没有任何可以抓的东西，上不去了。看着快要在前面消失的队友，我不顾一切地大声喊叫起来。前面的人发现了我，回过头来伸出援手将我硬拉了上去。途中，“不做凌霄花”的誓言时刻催促着我坚持，再坚持，不能掉队！两腿又酸又软，手上被荆棘划出了许多道道，额上的汗水不停地流向眼睛，时而挥起衣袖抹上一把。那一刻我才知道：有的事情不在于你行不行，关键看你愿不愿意坚持。

下午两点多钟，历尽艰辛的我们终于到达了山顶上的将军亭。

会当凌绝顶，一览众山小。来到了山顶，我们四下俯瞰，万千气象尽收眼底，视野开阔，心情也随之开阔了。我们之前的所有付出，所有汗水，现在感到都值了。山顶上蓝天白云，凉风习习，感觉离天很近，好像一伸手就可以抓到白云。然而，白云总是在我们头顶飘啊飘，就像逗我们似的，一会儿到东边，一会儿又游到西边。时而挂在树梢，时而又悬在山腰间，那些朦朦胧胧的雾，如轻丝带一样缭绕，几乎把我们的魂都弄醉了。

亭子旁边矗立着一块怪石，陡峭直立，像是从国画中搬下来的。上面赫然刻着几个字：“皖东第一峰”，这就表明我们此刻站在山的最高处了。皇甫山——这座峰回路转的大山，现在躺在了我们的脚下！

胜利的喜悦冲淡了疲惫，征服的兴奋让我们忘记了饥饿。凭栏远眺，下面的亭台、曲径、山石、河流尽收眼底，一切都显得那么渺小，心胸瞬间变得宽阔了。上来的只有五个人，我们戏称是“狼牙山五壮士”，我们四男一女在“皖东第一峰”前留了影。

满足了征服的欲望，肚子觉得有些饿了。慢慢地沿着大路下山，去与先前的队伍会合。下山时一阵轻松，但两腿发软，撑不住劲儿，情不自禁地小跑起来。有经验的男队友在旁边一再提醒：别看下山省力，上山容易下山难，跑得太快，控制不好会翻跟头的。在无意间竟道出了一番哲理：人生道路，再顺畅都要踩稳脚步，不小心就会被世俗名利的惯性带倒。还有，无论多高的山、多远的路，有坚强的信念就能克服困难，到达目的地。

不枉那一次行程，那些收获，将永远珍藏在我的人生宝典里。

情满洪泽湖

田野一片斑斓。这是收获的季节。金色的秋风，透过打开的车窗，吹拂在我们的脸上。车子在绚烂的田野间行驶，我们渐渐地远离了城市的喧嚣。在一阵阵庄稼成熟的气息里，我们尽情享受着无与伦比的美好时光，觉得人的整个心都要飞出来了。

轿车如美丽的甲虫，在蓝天白云下奔驰。远处，水鸟飞翔，蓝天更低，在不知不觉中，美丽的洪泽湖出现在我们的视野里。这个国家湿地公园，以她风姿绰约的面貌，顷刻间征服了我们。

我们站在湖畔，放眼望去，远处水绿交织，一望无垠通往天际，让人产生无边向往。近处清波映影，两旁苇花密似围墙，一丛丛、一堵堵，像是一片无边的青纱帐。那蜿蜒的水路往湖的深处延伸，曲折迷离，在苇叶轻摇曼舞中，时隐时现，仿佛迷宫一般要将我们引进去，做一个缠绵的华丽的没有尽头的梦。

我们站在岸边，一颗心在怦怦跳动着，都有些迫不及待了。

两条美丽的画舫，从风俗画中摇过来，向着我们迤逦而来。

那画舫很是漂亮，五颜六色地渲染，在近乎大写意的绿色中格外醒目。未待画舫停稳，我们就欢笑着上了画舫。那舒心惬意的船儿载着满满的欢声笑语，悠悠地向芦苇荡深处驶去。

小船推起了一阵阵清波，在船头荡漾。我们几乎是不约而同地唱起了小时候老师教给我们的《让我们荡起双桨》，一路欢笑。水花似乎被我们的笑声感染了，披着金色，欢快地跳跃着。两边的芦苇沙沙作响，伴着清凉的秋风拥爱着流水，拥爱着水上嬉戏的人。于是，水更轻灵了，轻轻地拥吻着小船，哗哗地向后流淌着，温情脉脉地奏响了优美的音乐。于是，人更清爽了，拂去了所有的狂躁，忘却了所有的烦忧，心花怒放地扯开了嗓子，和清风流水共同唱起了婉转的歌。鸟儿也闻声赶来助兴，有的俯冲戏水，有的展翅盘旋……

驶出这一段芦苇荡，无垠的荷塘呈现在眼前。这是上天赏赐给我们的另一片风景啊。荷塘很大，大到无边无际，满塘的荷叶在秋风里左右摇晃着。虽说秋日的荷塘有些衰微，一些荷叶已经枯萎，苍老得垂下了头，一些虽已泛黄，却巍巍立水中。但是和夏天的荷相比，秋荷又自有一些韵味。它看起来苍老，但是林立着，显出了一种苍劲和成熟的大美。它没有夏荷青翠欲滴，但是那无数片荷叶，披着阳光的金色，显出了一种大气磅礴的旷远和壮美。那种天地之间大气辉煌的气魄是很能撼动人心的。秋天的洪泽湖的荷塘，一点也不萧瑟。虽然有些枝茎已经折断，但是更多的枝茎顶着硕大的荷叶，或者黑色的莲蓬，依然郁郁葱葱朝气蓬勃，不枉使命。执着地撑开绿伞的坚韧的残荷，给整个荷塘带来一派生机。它们集体把身躯倔强地伸向天空，与湖面构成了刚柔相济的壮阔景观。

我们还在惊喜着秋荷壮美的生命力的时候，突然被不知谁的尖叫声打断。原来是小船不知不觉荡到了荷塘深处，我们看到了更多的莲蓬！那些莲蓬一个比一个大！它们存在于荷叶的间隙中，有的羞涩低眉，有的犹抱琵琶半遮面，有的昂着头，等着我们采摘。那些莲蓬就像探出的一个个小碗儿，被一根根杆儿举着，随着荷叶在风中摇曳。我们纷纷地伸出了手，似乎是很近，想采摘到，却又不太容易。原来，那些莲蓬在风里是摇动着的。摇动着的还有小船，以及我们的心。

开船的小伙子看出了我们的急迫心情，他把船头调转向荷叶的更深处。于是，我们的手，与一个个饱满的莲蓬有了亲密的接触。我们大呼小叫着，采摘我们的喜悦。小伙子也帮着我们采摘，他把摘下的莲蓬扔进船舱，被我们一个个接获，惹起了一阵又一阵欢乐的笑声。

热情陪伴着我们的轩辕先生遗憾地说：你们来得不是时候，七八月份的荷塘可真美啊，如今荷花有些衰落了。其实我们不以为然。先生大约看到了晚年之荷，而我们几个女人则看到了这一池秋荷的华美和壮观。

都说夏荷美，可是，夏日里酷热难当，哪里能享受到凉爽的秋风和这香甜的莲子呢？美丽与果实不可兼得，人生像极了这满塘的残荷。曾有过生根发芽时的亢奋，曾有过浮出水面时的艰辛，曾有过荷花一样的娇娆美丽，曾有过荷叶一样的壮美青春，曾有过结果时的幸福喜悦，也曾有过成熟时的坚强自信……而现在，我们要的，是这残荷一样的从容。因为，我们结出了白藕，我们长出了莲蓬。怜惜稚嫩，包容放纵，笑对轻狂，俯瞰躁动。不用嫉妒青春与美丽，傲立风中，欣然观赏我们的孩子，他们是在重复着我们。

来不及深思更多的哲理，小船儿已经调头驶离了这片荷塘，悠然地去采撷另一种风景，那是我们共同的向往：去观鸟台看鸟儿。久居城市，与鸟儿早有了久违的生疏，是该亲近亲近这些小精灵了。

尽管有备而来，洪泽湖的落日美景还是惊呆了我们。离观鸟台还有一段距离，有的鸟儿便急不可耐地夹道欢迎了，好像是迎接等候多年的老友。登台远眺，夕阳已散去了热辣辣的激情，这一刻变得恬静温柔，红彤彤静静地悬在天边，周围干净得没有一丝云彩。静得如此亲切，柔得极想靠近。迎着落日望去，整个湖面更是一片平静，静得如同一面镜子，静静地接受着太阳和鸟儿的投影，构成了一幅绝美的图画。鸟儿看样子比我们更高兴，它们争先恐后地卖弄着矫健的舞姿，摆开了庞大的队阵，铺天盖地变幻无穷。它们用自己的方式欢迎远方的来客，感恩这片安心栖身的湖泊，回报那些保护并创造美好环境的人们。

红日渐渐地靠近了地平线，鸟儿陆续归巢，碧绿的水面也黯淡了下来。美丽的洪泽湖！我们的约会，终究要散了。然而，永远也散不去的，是那脑海中的美好记忆，还有那深入骨髓的眷恋。

冬季里的春天

应长丰县文联邀请，我们到那远近闻名的草莓之乡参观。

本是隆冬，老天爷却格外开恩，收起了凛冽的寒风，把柔和的阳光毫不吝啬地洒满空旷的冬野。冬野静美而旷远，我们这些久居城市的人，一旦把自己融入大自然，那颗心就像羽翼丰满的雏鸟儿，跃跃欲试，直想飞出窗外，去和大地做亲密接触。文友们相聚在一起，是缘分，当珍惜。也因为聚在一起，我们谈天说地，总是兴奋异常，无论国事、家事，津津乐道其乐无穷。和煦的阳光穿过车窗，射在我们的身上、脸上，格外柔软、暖和。恍惚间，我们以为是欢聚在春天的温室，心情宛如破土的春芽，吸收着天地的灵光，舒畅而惬意。一路上说唱嬉闹暖意融融，有的唱歌，有的说故事，有的聊文学和历史，一阵阵笑声飘出窗外，不知不觉间，我们已到达目的地。

在长丰县政府，我们领略到了比阳光更温暖的主人们的热情。车子刚停下，等候多时的文联领导们立即把我们迎到了早已布置好的会议室。喝茶，寒暄，握手，拥抱，其实我们原本是素不相识的，不知道彼此的姓名与身份，但彼此都知道，我们是一群向往文学向往美好的心灵相通的人。因为文学，因为心中的同一个梦想，我们从陌生到熟悉，现在，两地方的文友聚在了一起。一杯杯飘香的热茶，一句句暖心的话语，还有主人们忙碌的身影、谦和的笑容，使整个屋子同样氤氲着春天的气息。

我们是为交流而来，当然也是对草莓之乡慕名而来，心情愉悦，也是迫不及待的。主人们似乎看出了我们的心思，一番畅谈之后，马上带领我们前往水湖镇李杨村，去草莓高科技示范园看那些令长丰人引以为荣的草莓。

一路上，坐在前排的林家俊主席频频回头，兴奋地跟我们讲解着他们的草莓，并介绍了一些有关草莓的趣事。因而我们得知，草莓不仅色鲜味美，而且还象征着“爱情”。比起红玫瑰来还更形象，因为它的形状像心，更是鲜艳的红心。说着，林主席还情不自禁地哼唱起了流传的山歌：红红的草莓果，长满了半山坡，最红的那一颗，请你摘给我……

近了，草莓的家已呈现眼前。那是一畦畦塑料大棚，在田野里，排列得井然有序，在阳光下发出洁净的光。放眼看去一望无际，恍若置身于波光粼粼的海边。大棚前，那块刻着“长丰县草莓高科技示范园”的大牌子骄傲地矗立着，托举着长丰人的辉煌，像是在炫耀，又像在守卫。

走进大棚，一股暖流扑面而来，一株株碧绿的草莓秧乖乖匍匐在垄上，让经历苍凉冬野的人们顿生爱怜。这才是真正地走进了春天！棚内的草莓秧，叶片碧绿，一株株，一行行，滋润地生长着，构成了与棚外的寒冬不同的世界。草莓秧恬静地舒展着，叶间绽放着的一朵朵洁白的小花，就像是一种无尽的希望，在与严寒的抗争中显得那么顽强。听主人说草莓的挂果期很长，从年底一直延续到第二年的五月份。一棵看似弱小的草莓秧大约能产两三斤草莓呢！可惜我们来得早了些，或者这一片园子里的草莓栽培得较晚一些，我们没能见到长在秧上的草莓果。但是，凭借着想象，透过这碧透、蓬勃的绿色世界，我们似乎看到了那挂在枝头、叶间的一颗颗“红心”。又大又红的果儿就像可爱的婴儿，依偎在妈妈柔软的怀中。

据莓农们说，这一个大棚大概有一亩地。在这一亩地的空间里，饱含着莓农们多少的艰辛与疲惫、期盼与快乐啊。静静地蹲下来，对着松软潮湿的土地，我们分明感受到了它的骄傲。它用乳汁哺乳着生命，用宽广的胸膛托起了希望。从翠叶葱茏的草莓秧上，我们分明感受到了它们的骄傲。它们依偎在大地母亲的怀抱，吮吸着养分，勤奋地生长、开花、结果，用一枚枚红艳艳的果实证明自己存在的价值。从主人那憨厚朴实的笑脸上，我们分明感受到了他们的骄傲，他们是播种生命的人，掌控季节的人。

晚宴上，我们享受到了娇艳欲滴的大草莓，也品尝到了远近闻名的长丰特产——吴山贡鹅，更领略到了长丰人热情好客的风采。草莓味道很好，汁液满满，这是长丰特有的草莓品种。我们不虚此行，到底是领略了这里草莓特有的风味。

黑夜已在不知不觉中降临，而主人与客人们却仍然不忍分离。依依惜别之际，主人还给我们每人带了些草莓。在这稀缺的冬季，这些草莓可是沉甸甸的厚礼啊！收下了那一颗颗滚烫的红心，想想那些终日辛勤劳碌的人，心里既感激又愧疚。

车子冲开夜幕，驰骋在郊外的公路上。思绪像一张大网，慢慢地撒开，网罗起这一天来的每一个场景，心底涌起阵阵波浪一般的感动。在这片原本贫瘠的土地上，因为有了这些勤劳、聪慧的人，使这里的土地改变了价值、人民改变了命运，把这平凡的大地变得富饶而生动。他们在这里从容地创造着春天，守望着春天，收获着春天。

倦意袭来，恍惚中，脑海中的镜头还在一幕幕播放，那首山歌似插曲一样在耳边回荡：红红的草莓果，长满了半山坡……

榴城随想

涂山，坐落在蚌埠西郊怀远县境内。它是一座连绵起伏的山脉，山上，松树苍劲，山石奇峻。原本是静默、苍茫，因大禹当年在此劈山治水，留下三过家门而不入的佳话，涂山因而便成为非同寻常的山，是可以走向山巅，在禹王宫缅怀和凭吊的山。

在四月，如果你去我们家乡怀远，恰走在涂山脚下，你抬眼望去，会发现满目青翠。山峰连绵，苍苍茫茫。从半山坡往下，大片大片种着一种树，那就是怀远人引为骄傲的石榴树。怀远县城还有“榴城”的美称，石榴酒也全国飘香，皆因怀远广种石榴而出名。在春季，你看到涂山脚下的石榴园，一片碧绿。若在冬季，那石榴园又是另一番景象，让你不由得驻足、震惊。那些石榴树，老的少的，挤在一起，像祖孙三代，布满了山坡和山脚。老树虬枝苍劲，张牙舞爪伸向天空，奇形怪状的样子，让人震撼；年轻一些的树，也是英姿绰约，一派蓬勃。

在我的家乡，要论自然景观，最美的也就是这座山，和那漫山遍野那令人自豪的石榴树了。因此，“榴城”之美不负盛名。

若是在五月，你经过涂山，你看到的则又是一种佳景。那碧绿之间点缀了密密麻麻的火红，那是石榴花火热的绽放！是的，“五月榴火”，在微醺的风里，碧绿起伏，艳红跌宕，热热烈烈，波翻浪卷，那可是美不胜收啊。

不错，石榴花没有月季柔情，没有玫瑰娇美，也没有牡丹雍容华贵，但是，石榴花是凡尘之花，是热情之花，它就像村姑，淳朴，生动，不忸怩，不艳媚，浑身上下都是炽烈的热情劲儿，让观者不由得不为石榴花热情似火的生命力而赞叹。

她们无声开放，红彤彤的花儿挂在枝头，娇羞而不藏匿，俏丽而不浮华。纤细的枝条因花儿的妩媚而骄傲地随风摇摆着，像调皮的姑娘扭动着腰肢，像婀娜的少女挥舞着手臂，向着这个世界深情地频频鞠躬、微笑。绿得更绿，红得更红。

由不得你不感动。花儿们与我们没有约定，我们也不曾时时记起她们。但她们却没有忘记感恩，感恩于这片土地，感恩于阳光雨露，感恩于培育她们、呵护她们的人。她们为人类奉献她们的美丽，再奉上香甜的果实。

世间万物皆有灵。看着满园石榴花，我们除了震撼，还会想到一些我们在冗长的进化中被忘却、被疏忽的东西。比如生存，比如伤害，比如感恩，等等。造物主把生杀大权交给了头脑发达的人类，并让我们和这个世界和谐相处。在衣食无忧的生活中，人们的欲望逐渐膨胀，于是，就有了无端的践踏，无辜的摧毁，无情的杀戮：树木被乱砍滥伐，水源被严重污染，垃圾乱倒乱扔，珍禽异兽被肆意捕杀……

大自然虽有鬼斧神工，却没有能力规范人类的行径。人类纵能巧夺天工，但最难雕琢的正是人类自己的灵魂。人们没有忘记追求美享受美，却不能深层地理解美的含义，这些和谐的美往往就毁在自己的手中。眼前的蝇头小利，一时随心所欲的快意，也许会积聚成长久的恶疾。人们疏忽的是，肆无忌惮地破坏生态环境会惹恼造物主，他在发怒时也会惩治人类，虫害、旱灾、山崩、海啸……

静下心来，拥抱壮丽河山，亲吻花草树木，聆听鸟儿唧唧，用心与它们对话，你会觉得感动万分。因为，它们永远不知道对人类产生怨恨，它们百折不挠坚韧不拔，用顽强的生命回报着大地：小树被折断，会努力地发出新芽，昂扬向上生机勃勃；小草被踩踏，会在风中掸掸尘土昂起头继续微笑；花儿被采摘，仍会继续辛勤地孕育花蕾，等待来年再度展现她的美丽；鸟儿被逼得无处安身，仍会唱出清脆的歌……

在我们这个世界里，幸好还有那些积极倡导精神文明、热爱美好生活、保护生态环境、创造美好家园的人们。回到涂山看石榴花，其实就是看生命的原动力，就是看植物在自然中的旺盛的生命力，也是在反观我们自己。反观我们这些得了城市病的人们在蓬勃的大自然面前苍白的想象力和贫乏的生存力。

在五月，如果觉得困倦和无力，就来涂山看石榴花吧。你看，那红艳艳的石榴花，正娇笑着随风摇曳，欢快地翩翩起舞，频频向那些可敬可爱的人们深深地、深深地致敬……

温暖滁州行

说实话，这一次的滁州之行，我是带着“居高临下”的心态来的。

滁州，在我的想象中一直是个县城般的小城市。我自己对滁州的判断并不怎么好。

在外地漂泊多年，滁州是返乡的必经之路。我很多次路过滁州站，却从未在这个站下过车，当然更谈不上亲近滁州了。见惯了风花雪月，看倦了都市繁华，对于这个与故乡毗邻的小城，我在潜意识里，总是忽略不计的姿态。上网买票的时候，刻意寻找高铁班次，竟发现还有高铁直达滁州，心情忽然好了许多。我对滁州的态度，在那一刻有了一点可喜的改观。

出了站，感觉更是清新了许多。滁州站留给我的第一印象是与那些喧闹的大城市截然不同的。在这里，我很容易地捕捉到了通常的嘈杂之外的那份难得的干净与安静，就像一方田园，安静地存在着，任由乘客在上面徜徉。车站广场是宽阔的，秋风裹挟着细雨拂面而来，虽有了一丝寒意，但是心中的那份安逸与温暖却悄悄地升起来。随出租车在雨雾中穿行，烟雨中的道路，没有尘屑，没有嘈杂，是那么洁净。走过的每一条道路都是。连司机师傅也是那么安静、温和。随着道路不断延伸，我的浮躁的心在黄叶漫卷中，渐渐地安静下来。滁州，这秋天覆盖下的小城，越来越让我感到亲切了。

我们前来参观、采风的人被安排在位于全椒路的“君家酒店”。这酒店给我的感觉，也是很好。店内不见盛大奢华，也没有装饰上的纸醉金迷，平和中见气度，舒心中见清雅。不闻喧哗，却整洁明亮，舒心怡人。侍者的笑意是浅淡的，却很温和，手脚也很是殷勤，令人安心。所谓“君家”，大约就是我们这些远道而来的宾客，被店家奉为上宾，安排在家一样的下榻之处了。

我们要参观的是滁州市大柳镇草场。生在平原，从未见过草原，对草原一直向往。我们来到镇上，已是中午。没待去参观，热情的大柳镇人先准备好了午饭，散养鸡鸭、土鸡蛋、新鲜的瓜果蔬菜……都是绿色的农家菜。不浮华，也不卑微，原汁原味。朴实厚道的大柳镇人，实打实，不搞一点虚的。

接下来，我们便迫不及待地乘车去往草场。

草场很阔大，在微风细雨里，茫茫无界。时值深秋，草场的草一片枯黄。但置身草中间，我却分明地看到了，那无边的翠绿，那小溪，那牛羊，那燕子、蝴蝶……在暮春的草场，我是一只绿色的螳螂，偌大的草场任我侵占。现在，面对满目苍黄，我忽然觉得，我不过是这个大草场上的一只蚂蚱啊！我是这土地的蚂蚱，这草的蚂蚱。这故乡草场的蚂蚱，拥有草场，拥有蓝天碧水，亦复何求？

我们在草场上溜达，整个草原一片苍黄，与天边相接，与沟壑相连，勾勒出一幅辽阔壮观的油画，让人遐想。无垠的天地之间，我们这十多人紧贴着地脉，缓慢地行走着。越往草场深处走，我们越感到自己渺小，渺小得如一颗草芥。我们是在看什么，其实，我们也是在寻找什么。寻找什么？寻找冬日的大雪，还是寻找逝去的青春？我们俯下身来，看那些“卑贱”的草如何生根，如何紧抓大地。事实上，我们什么也没看到。只有草无言，一片枯黄。那种静美，恰如一个文学大师遗失在这里的一篇绝美的抒情散文。

然而，心里无论有几多涟漪，我们读罢草场，终究还是要离去了。

车子走过了一段路程，停靠在位于珠龙镇的北关新农村旁边。这新农村的景象又是别有洞天，与苍黄的大草场形成了鲜明的反差和对照。

不见一棵杂草，路是新的，房是新的。房前屋后的花木也是新的，像是梳妆打扮待嫁的新娘，更显娇媚。与众多人造景观不同的是，这里是上天赐予的美，村庄后面有山林拥抱，周围有碧水环绕。跨进村口，一口清水塘映入眼帘。远远望去，碧水柔波，一群白鹅在水上嬉戏，几只水鸟在低空追逐。好一派“白鹅浮绿水，垂柳荡清波”的悠然。一块块青石板，从岸上做阶梯延伸到水面，任水花肆意戏弄，不羞不恼。石板上面，只差那浣纱的女子了。通往村里的，是笔直的水泥路，干净幽静，延伸到每家的庭院门口。房屋，全是独门独院的别墅。红瓦白墙，飞檐翘角，院子里能收揽阳光，能养猫狗殖鸡鸭，也能种植花草菜蔬。这里的农家，简直要羡慕死我们这群人了。

羡慕归羡慕，我们终归还要依依惜别。我们又去参观了千古银杏树，但见那巨大的树冠，满树金黄。这种黄，又比草场的黄，鲜亮了许多。这是一种激昂向上的黄，在这微凉的晚秋，它如一团黄色火焰，驱散了秋的萧瑟，给我们罩上了一层温暖。

晚饭后，穿过琅琊山，绕过了醉翁亭，我们徒步赶回酒店。我们默默地念着，君家酒店，君家酒店。君家！我们在房间里歇下来，因为一天下来收获很多，虽然累了，但是心里很快乐。

我取出笔，写今天的日记。不经意间，我看到书案上留有一张字条，那上面写道：

尊敬的贵宾您好：欢迎入住君家酒店。在整理您房间时，发现您这几天是“特殊时期”，我们特意为您送来了红糖姜茶，希望能帮助到您。同时看到您带有书，又为您送来了书签，愿您在君家度过美好时光！

我甜甜地笑了，感觉自己被娇宠成了公主。我起身烧水，冲了一杯姜茶。那姜茶暖暖的，暖在心头，也将暖在我的记忆里。

人生的旅途，依然行色匆匆。我相信，以后的日子里，每次从这里路过，这颗心，都会在这个小城停留。

第五辑　饭店百味

我有一个「大家庭」。原本为了生存，谁知竟在无意间为自己开辟了一片园地。我每天采撷着这里的喜怒哀乐，再一点点串成如辣椒、茄子、南瓜、豆角一样味道各异并长短不一的故事，试图给平凡人的精神餐桌添几道家常菜。

好大一个家

回到蚌埠两年来，除了陪孩子读书，做做家务，别的也没有干什么。其实我是个闲不住的人，在上海做生意时，忙里忙外，忙得两脚不沾地，那时就会想，如果能在一处安安心心地待几天该多好啊。现在，我算是如愿了，可是太闲，又感到空落落的，一种迷茫和寂寞时不时地掠过心头，让我坐也不是，卧也不是。每当这种时候，我就把时间交给了文字。我用一篇篇文字来安抚我的心灵，来抚慰我的清寂。

一天，两个昔日一同出门闯荡的老乡到我家来看我。男的驾着私家车，西装革履，女的扭着腰，珠光宝气。他们看样子都混得不错，金项链、金手镯、金戒指在我面前晃动。女的拎着两大袋礼物，是为我孩子买的。在那两大袋礼物放在桌子上的一刹那，我看到我孩子的目光被深深地吸引了过去。

“你还好吧？现在做什么呢？”这是我们谈话的开场白。随后，他们问我，我来回答。他们问得细致，似乎对我嘘寒问暖、关怀备至。我如实作答，一遍遍真诚地呼应他们对我的“关怀”。事实上我的心里，感到了一种不适。这种不适来源于我们之间在价值观认同上的落差。无疑，财富是好东西，把自己打扮得金碧辉煌的，也是令人羡慕的。但是他们似乎太有炫富的优越感了，而我们当年几乎是一同出去“闯荡江湖”的。我不过是回来做孩子的陪读，孩子难道不是我巨大的财富么？

我先是回答说：“还好。现在没做什么。”他们问：“现在还写文章吗？”我说：“当然写了。这是我的爱好，我也因此加入了作协。”“‘做鞋’？做什么鞋？能卖钱吗？”女的显出一副莫名惊诧的样子。我想笑，却没有笑出来。作协？做鞋？这种认知也忒搞笑了吧？叫我如何回答是好呢？这是现实的真事，千真万确，绝不是老话重谈。我无法回答，也笑不出来。不是看人家发财眼红，而是为自己“无能”而惭愧。过着窘迫的日子，让人家都想到我要靠“做鞋”过日子了。人家目不识丁尚能腰缠万贯，我却只能天天在家啃老本。偶尔发表一篇“豆腐块”只够买点豆腐吃，恐怕再不“做鞋”卖，就真的不行了。自己“穷酸”也就罢了，还连累孩子，罪不可恕。那番谈话之后，我不由得紧张起来，想想，文学的确是精神食粮，然而也的确不能果腹。我必须找个事情做才好。

真的要找事情做，才知做事有多难。年近不惑，除了刷盘子洗碗还真没人要，而且那种活儿待遇低代价高：端人碗受人管，还要耗上整日的时间，自己将丢开钟爱的纸笔，还会影响孩子的生活及学习。奔波了一段时间一无所获，反而弄得垂头丧气心灰意冷。后来有好心朋友提议：你就开个饭店吧。人总是要吃饭的，孩子也有了吃饭的地方，总比给别人打工强。

朋友说的也在理。我的腰包里正好也还有一点钱，于是开饭店的念头像初春的小草一样顺势而生了。其实说真的，我对于开饭店这行当一点不懂。我把家里的积蓄拿出来，经过朋友们出谋划策鼎力相助，开始让规划落到实处：办证、装修、添置物件、招兵买马……

奔波数日，我的饭店终于在紧锣密鼓中开张了，我一下子成了“名不副实”的老板。我不光紧张，还有点惶惶然不知所措。难道这就是人们常说的事业吗？我现在拥有了自己的“事业”而且还当上了老板？从员工们的陆续入场各就各位，到开业时的张灯结彩宾朋满座，都是朋友帮我操作的。我傻在那里，不知道该干什么才好。面前的场面和声势好像是硝烟弥漫的战场。

以后的日子里，我像整理一团乱麻一样慢慢梳理，不懂的就学就问，直到前厅后堂的事情慢慢熟悉，也渐渐地能叫出那些姑娘小伙的名字。他们也渐渐感到我的和蔼可亲，有机会时也喜欢和我说话。有的叫我老板，有的叫老板娘。我纠正：不要叫老板娘，那是上面有老板才可以这么叫。言下之意我就是“老板”。但我也不让他们叫老板，听着别扭。他们似乎听懂了，于是我的辈分就升了一级：阿姨！我惊慌失措，赶紧纠正：叫陈姐，叫阿姨者罚款！他们都开心地笑起来。从那一张张率真的笑脸里，我看到了他们可爱的一面，也感到了他们年纪轻轻就离开父母出来打工的不易。我们的感情就是在这样的潜移默化、相互关照中慢慢地浓郁起来，亲密起来。

接下来的日子，内部调整，外部交流，交费纳税，买卖出入，前厅后堂……几乎都是我一个人在跑、在做。想想自己终于有事做了，却又感到了艰辛，有时甚至内忧外患不堪重负。这大概就是生活吧。除此而外，这生活还需要运作，需要心智，需要权衡，需要逢场作戏，需要忍辱受屈。在一系列的麻烦中磨练自己，学会了“相逢开口笑，过后不思量”，学会了举杯应酬，学会了张姐长、李哥短，学会了与小贩们软磨硬泡讨价还价……

转过身来再看看这些不离左右的员工们，猛然感到：这是一个“家”！这是一个聚集着不同命运成员的家，也承载着我的酸甜苦辣喜怒哀乐。虽然我们是为利而来，为利而往，但是我还是感到了我们结伴在一起的温暖。我坚信这是萍水相逢中的一段缘分。这个家，虽然是动态的，有来来往往，也有聚聚分分，但是总有一段真情流淌过。我被感动过，也曾伤心过，为我的这些孩子们，也为那些匆匆的过客。假如生存不需要钱，假如生命不需要物质的消耗……为这个家，我愿全身心地付出，永不离散。

守门的大爷

大爷是我老公的堂伯，他是我专门请来的。饭店装修阶段，店里需要有人照应，接到电话的第二天，他就风尘仆仆地赶来了。大爷戴着赵本山道具式的帽子，穿着一身半旧的黑中山装，并用扁担挑来两编织袋行李。

大爷来了真省心。他每天晚上睡在正在装修的店里，我则用不着费这个神，我可以回到家里高枕无忧地睡觉了。大爷的任务主要是看管东西。店里的东西乱七八糟，白天没有人照看倒还可以，到了晚上，店门还没有做好，没有人看一下就不行了。大爷不光只是看店，还有一些装修清理下来的废品，大爷也要弄好卖给小贩。大爷卖废品的时候，跟收废品的讨价还价，是挺有意思的。他怕人家扣秤，歪着脑袋跟人家理论，让人家给称得好一点。人家说，老爷子你看你看，这秤杆高高的！大爷信不过人家，扒着那秤砣看秤星，这才放下心来。算账，把收来的钱一分不少地交给我。

店里乱，还没买床，大爷就铺一张木工板睡在地上。他睡得很晚，可是当他的身体接触到木工板时，他很快就睡着了。这并不是说大爷睡觉很沉。第二天，在木工到来之前，大爷准会像闹钟叫一样准点醒来，把被子收拾好。然后该干啥干啥去。拆换大门的两夜，大爷就在冲着门的地方铺上了铺盖。那时天气已经很冷了，寒风凛冽，透过窗户的缝隙，往屋子里呜呜地吹。大爷好像有些傻，他不知道投机取巧，也不会往旁边避风的地方睡。我后来问他，夜里那么冷你难道不知道吗？他说，我咋不知道冷呢？我是怕门没装好小偷会进来。

那天中午，太阳不错，天气暖融融的。我看见大爷坐在靠墙的地方打盹。他肯定是夜里太冷，现在取暖来了。我心里一下子暖暖的。我便喊他吃饭。他猛地惊醒，随手抄起了身边的扁担。见到是我，才尴尬地笑笑，他说整夜都没敢睡觉。我于心不忍了。想想，大爷虽然是我请来看店的，可是我总不能让大爷就真停留在看门人啊。过几天，饭店装好了门，我把家里的钥匙拿给大爷，让他到我的家里去睡。他也没有说什么，从到城里来，他也没有到我家去过。他拿着钥匙进了小区，只一会儿又难为情地回来了。我问他怎么回事？大爷憨厚地笑笑，说他开不好我家的单元门，也乘不好电梯。“我还是在饭店里睡吧，不用爬楼梯，跟自家一样，睡着踏实。”大爷说。

装修招牌时，与隔壁店铺产生了一点摩擦。看到我闷闷不乐，大爷对我说：孩子别怕，城里人也要讲理，实在弄不好我这条老命就跟他们拼了！一个人在外不容易啊。店铺装修好了，大爷却丝毫没有要走的意思。我也不好意思撵他走呀。我张张嘴，却没有说出一个字。大爷说：你别说了，没事的，大爷知道你想说什么。这饭店装修好了，夜里更得需要人好好看了。闺女，你放心吧，你该回家回家，你一个人在这里我也不放心，还是我帮你夜里看看门、管管东西吧，又不要你工钱。大爷这样说，我还能说什么呢？这样固然好，可是，白天让他到哪里去？他那一身行头和那把年纪，总不能天天像个叫花子一样待在饭店迎来送往吧。再说，饭店里的事情他也插不上手啊。让他在店门口坐着？也不好啊。可是他在蚌埠又无亲无故，到我家里去吧，他也不乐意，我生意忙起来也照顾不了他呀。这让我着实有点进退两难了。

好在大爷很“识相”，上客人的时候他就自觉地躲出去，等到吃饭时再回来。遇到下雨天他就在门外走廊上徘徊，就像个保安似的。晚上就睡在前厅的沙发上，他那条扁担从不离枕边。早晨上班，发现大爷蹲在地上扒拉着凉米饭。问他怎么不去买早点，他说这些剩饭倒掉可惜，他在米饭里放了点盐拌着吃了。“想当年……”大爷开始忆苦思甜，“要是有这一点点剩饭，也不至于饿死人啊！”我摇摇头，急忙地把他的饭放到微波炉里，教他学着用。后来，每晚都要给他留一点饭菜，让他吃新鲜的，不能再吃食客们留下的剩饭菜了。如若那样，这个农村来的老头，真的成叫花子了。我让他早晨热着吃，吃一点热菜，不会心凉。尽管这样，我还是越来越觉得留他在店里不合适了，因为店里的事已经够繁琐复杂的了，经常让人心情烦躁。而他在店里晃来晃去，像出入自家堂屋似的，有一点碍手碍脚了。大爷却感觉良好，而我想让他回老家去，又不忍开口。

机会终于来了。那天大爷说：我要回老家种花生了，一个星期才回来。我心中暗喜。大爷却不放心，千嘱咐万叮咛，走时手里叮叮当当拎满了宝贝：空油漆桶、木板、广告红灯笼……这些宝贝都是他在装修时积攒的：空桶回去抗旱挑水用，红灯笼给孙子玩，每样都有用。第一辆出租车司机轻蔑地瞟我们一眼便疾驰而去，第二辆说了很多好话才打开后备箱。东西全部装好，大爷才如释重负地爬进车里。

那一段时间，饭店生意不好，我的心情也跟着低落。电话铃响起，我以为是订餐电话。接过话筒，我“喂”了一声，没想到对方说：“我是你大爷。”这真不是骂人的话，电话确实是大爷打来的。大爷说，孩子别着急，我再过两天就回去。我哪里着急呢？大爷啊，你要是回来，我才着急呢。我不禁有些恼怒，但还是强忍着把“你最好别回来了”这句话咽了回去。

第三天，大爷仍是那身行头急匆匆地回来了，一种沉甸甸的压力又罩上我心头。他这回没有带来多少行李，但是那根扁担依然带来了。他用扁担给我挑来了一些香油、花生。他跟我津津有味地说，这花生是自家地里收的，好得很，你这城里见不着。这香油呢，也好，不信你把鼻子伸过来闻闻，好芝麻才有好香油，开坛十里香啊！“啧啧”，大爷用手指头抹了一下香油瓶盖子，用舌头舔了一下。然后那些他带来的东西随便地扔在了饭店前厅里。

对于饭店的管理和经营，我觉得大爷到底是有些不明事理的。后来，因为心情原因，我对大爷就不那么热情了。我的脸色越来越不好看了。直到有一天早晨，我刚到店里就看到大爷收拾好了编织袋在等我。他对我说：孩子，我这老骨头不中用……你自己以后要多小心……

大爷拒绝了我的钱，用扁担挑起行李走了。目送着他蹒跚离去的身影，心头感到一阵酸痛。

大爷，您的根生长在土里，您已经到了落叶的季节，经不起城市的风雨飘摇。但愿您不要再惦记着我和我的饭店，在自己的土地上，平平安安度过余生……

那个外乡女子

朱敏芝有些神秘。这女子何许人也？她是我们饭店的员工。说她神秘，在于她的装束。天气已经很热了，树上的蝉都开始脱壳了，朱敏芝不，她依然穿着长裤子，生怕春光乍泄似的。所以我们店里的所有员工都感到奇怪，这女子怎么回事啊？她难道不怕热吗？于是神秘感就渐渐地出现了。我说，你为什么穿得严严实实的？拉回头率吗？朱敏芝捂着嘴笑起来，说，陈姐，你看我是那样嘚瑟的人吗？我说，天都这么热了，你怎么还用长裤子把美腿裹得严严实实的？你这么好的身材，换条裙子穿啊？这也是工作需要呀！朱敏芝先是红着一张秀气的脸笑，然后无可奈何地叹了一口气，操着半生半熟的蚌埠话说："陈姐，俺不敢穿裙子，俺这腿……"她犹豫着挽起了裤管。我惊讶地看到，一道疤痕如蜈蚣一样布满了缝合的痕迹，面目狰狞而且可憎地斜着嵌在她的腿上。疤痕深深，像树被揭掉了一块树皮，占据了膝盖以下的大半长度。

我一时惊得不知说什么好了。我嗫嗫道，怎么会这样？你怎么会这样？朱敏芝说，这是嫁到蚌埠后被车撞断的。我恍然大悟：难怪她平时上下楼有些吃力，走路也显得不利索。我经常为她的动作缓慢而不满，现在只好长长地叹口气：这个倒霉的女子。

朱敏芝是江西人，三十来岁，皮肤稍黑，说一口流利的普通话，不算漂亮但端庄文静。她以前在南方酒店打工，应该说工作还是挺好的。她那会儿还年轻，是个不谙世事的姑娘。后来，一个男人走进她的生活。这个人是蚌埠小伙。小伙长得还不错，朱敏芝几乎是只看了一眼就不假思索地对他有了一种好感。两人于是相爱，姑娘终是没有抵抗得住蚌埠男人的甜言蜜语，跟她来到了淮河边的这座城市。自然而然地走过恋爱期，接下来就顺理成章地走进了婚姻的殿堂。婚后不久，她带着结婚的甜蜜，去菜市场买菜，过马路时被疾驰而来的一辆货车撞倒了。一条修长的腿上于是永远地留下了那道伤疤。

饭店开业，需要招聘人才，朱敏芝带着温和的笑意走进我们的饭店。她是来应聘大堂经理职务的，见第一面让我感觉她很诚恳，口才也不错，最主要的是她有丰富的酒店经验，我便留了下来。

朱敏芝虽说不过三十多岁，但是在饭店里算是年纪最大的了，所以兄弟姐妹们都亲热地叫她“大朱”。她也乐于接受。小饭店没有大规矩，每天他们都把事情做得有条有理，很少让我操心。尤其是朱敏芝为我分担了不少杂务。没事闲聊，听朱敏芝那拗口的蚌埠话很好玩。说得不是太准确，就是有味儿，时不时惹得我们大笑。比如，她拿着一个咸鸭蛋说：这是俺家老婆婆腌的，你们尝尝真好“kei”（音）哟！她经常把“俺家老公公、俺家老婆婆”挂在嘴上，俨然是个贤惠孝顺的农村小媳妇。

若真把朱敏芝当成农村小媳妇，还真小看她了。她刚来没几天时，因服务员失误，把“一只鸡”说成了“一份鸡”。两个菜品菜谱上同时存在且价钱相差很大，顾客只愿出“一份”的价钱，多的拒不买单。最后让大朱出马，我在旁边用心观察。只见她一手抱着菜谱一手拿着笔走向客人，彬彬有礼地致歉，然后微笑着解释。听不清他们对话，但能看得见一个是怒容满面，一个是频频微笑。一个拍案斥责，一个是柔声细语。朱敏芝不愠不火，有礼有节，说得那个食客越来火气越低。过了好几个回合，朱敏芝拿着钱到我面前说：老大，已拿下！

我喜欢看大朱给客人点菜，她淳厚的普通话不紧不慢恰到好处，一副游刃有余、驾轻就熟的姿态，俨然是在酒店混过的老手。但是，她却不油滑，言行得体，她拿捏得恰到好处。客人对她的服务都很满意。哪里来的客人喜欢什么口味，她总是能说得客人频频点头。客人来过一次，再来时她能准确地称呼人家，并记得人家上次在哪桌吃的饭、喝的什么酒，让客人感到特别亲切。

这女子也有顽皮的时候。那天她向客人推荐新疆大盘鸡，说得绘声绘色让客人馋涎欲滴。客人豪爽地说：好，就给我来这个鸡！她听了觉得不大对劲，马上帮他纠正：给你来个新疆大盘鸡好吗？客人说：好，就要个鸡！本来这样说也没有什么的，但是这个深懂蚌埠话的鬼女子到了后面捂着嘴吃吃地笑了起来。

大朱的朴实注定了她的平凡生活，每天按时上下班，把店里的姑娘小伙带得干劲十足。每到晚上，她的老公准时来接她，然后两口子亲亲热热地回家，从不间断。打趣她说：你老公怕你路上被人抢跑了。大朱笑笑说：俺这人最安全，遇到人最多的是问：“大妈，去火车站怎么走？”

前些日子，大朱脸色逐渐苍白，身体日渐虚弱。到医院检查，原来她的卵巢里长了肿瘤。尽管百般不舍，但她还是走了。暗暗为她祈祷，但愿上天善待这个不幸的女子，让她早日康复。咱蚌埠人更要善待这个把青春留在蚌埠，努力说着蚌埠话的外乡女子。

老杨怀孕

朱敏芝走后，有段时间人手不够，我有些着急。眼看着饭店生意渐渐好了起来，怎么能在关键时刻掉链子呢？佳佳是我的小心腹。这个丫头，个头不大，鬼点子倒不少，眼睛一眨就是一个点子，再一眨，又是一个点子。饭店自开张以来，这个丫头可是为我出过不少主意，颇得我的好感。当然也出过馊主意，不灵验的，她也挨我熊过。熊了她，她不生气，反而还露出洁白的牙齿，嗤嗤地笑。这回她见我着急，眨了眨眼睛，出去打了个电话。回来就忍不住窃笑，趴在我的耳边，诡秘地说：陈姐别急，“老杨”过几天就来了！

老杨？哪个老杨？佳佳说，过几天你就知道了。我说，男的女的？佳佳说，跟我一样，女的。我说，再没人你也不能把老弱残兵往这里拽啊？佳佳说，老杨其实不老，只是年纪比我们大、资格比我们老而已。

没过几天，佳佳嘴里的那个老杨果然来了。老杨还真的不老，二十五六岁，身材匀称，皮肤白净，细眉大眼，堪称美女。她是何方神圣？我起初并不知道。我一问才弄明白，原来老杨是在本市某个大酒店上班的，她来到我这里，分明是佳佳把她挖来的。她们是朋友。如此说来，也难怪我和老杨初次见面，她作为“久混江湖”的人，眼神里流露出一种陌生与冷漠了。我想这是自然的事，这个世界复杂，一开始谁能相信谁呢？谁又有资格让谁听谁的呢？得要彼此熟悉再到相知，然后才有可能成为好姐妹。好在她和佳佳她们很熟。她们在一起神聊，没过半天便嬉闹起来。基本上没让我操心，老杨就过了审核关，换上我店的衣服就成了我店的人了。她要从服务员开始做起，这是必须的。努力为店里说话，为店里做事，甚至包括打扫卫生倒垃圾，这都是服务员分内的事。这也是在最底层历练，这大概就是服务员的命运。

老杨跳槽的经过很是可笑：老杨本来在人家大酒店干得好好的，但经佳佳那如簧的巧舌一说，老杨没能够把握住舵，便乱了芳心。怎么能跳出来，是个难题，但是老杨做起来简单，一点都不难。老杨说自己怀孕了，怀孕了就要回家休息啊，为了培育好祖国的下一代，谁敢阻挠不放人？不要命了？就这样，老杨以怀孕为由，轻而易举地跳槽来到了我这里。我是有些不解的，不怀孕就不能走吗？她们都说：老板要放你，你马上就能走。要是不放就很麻烦，还要扣押金、扣健康证。佳佳说：老杨怀过几次“孕”了，在哪里做得不顺心又走不掉就只好“怀孕”，不像我们没结婚没有借口。

我们忍不住哈哈大笑起来。原来跳槽也有“秘技”，这世界真是太好玩了。

老杨的年龄比我小，在我口里自然就变成了“小杨”。随着心无芥蒂地相处，我们姐妹的关系越来越融洽了，刚来时的那种陌生与冷漠不见了。仔细琢磨，那种冷漠中还带着戒备，那是一次次换地方、换老板、换同事演练出的表情。看着她们来往忙碌的身影，有时心里竟产生一种莫名的惆怅。

小杨为人，总体还不错，就是有一种“人精”的气息一直如影随形。这种东西大概是她在滚滚红尘里练就出来的一种做派。对我们饭店而言，她做事手脚还是很麻利、沉稳的，就是性格上有一点与众不同。她性情耿直，但言语不多。店里生意好她干得起劲，一点也不说累；生意不好也会跟着我唉声叹气，做事更加谨慎。似乎随时想跟我开“致命的玩笑”——“怀孕”跳槽似的。

有一次上班不见了小杨，我以为这女人又像鱼一样溜掉了。一询问才知道，原来她和佳佳背着我到附近的小区和店面发名片去了，她们耐心地介绍说午餐可以送饭菜到家。小杨说在别的店里就是这样，生意不好就要想办法。第二天中午便有人打电话订午餐，她们又兴冲冲地一个个送上门，回来高兴地把钱交给我。我很感激，她却说：没事，只要生意好我们累点也开心。平时不管我在与不在，小杨都尽心尽责，时间久了，慢慢地把她当作了亲人。

有一次我们一起边洗菜边聊天。我说小杨：你不能总是假“怀孕”了，你也该为我们祖国的未来着想着想，来一次真格的了。小杨说，我还年轻啊？攒不到钱，生孩子怎么养活？我说，你结婚几年了，不生一个娃，对得起你老公的付出吗？我们捂着嘴笑起来。小杨说：说真的，结婚几年，我也怀过两次，但都没要。

小杨婚前婚后一直在做服务员，她老公做保安，收入也不高，不敢早要孩子。我担心地说：那你们也不能老这样啊，人流多了伤身子，再说年纪也不小了，该要一个孩子了。小杨点点头。

有一次，佳佳凑到我耳边说：陈姐，老杨怀孕了！啊？不是要走吧？又打算故伎重施吗？佳佳说，这回是真的。

我将信将疑中，夺掉小杨手里的拖把，将她拉到屋里询问。小杨害羞地说：陈姐，这次是真的，怀孕了。她为了证明自己真的有喜了，把上衣掀起来，我看到了她微微隆起的肚子。我责怪她：怎么不早说？好好地留着，不能再打胎了，也不准再干累活了！小杨说：我想等“五一节”忙完了再跟你说，这段好生意不能耽误。

小杨走的那天，她把工作服洗好叠得整整齐齐地交给了我，她老公早早地来接她。给她结工资，她说：我在你正用人的时候走了，押金我就不要了。我感激地拒绝了她的请求。我对她老公说：你要好好待她，重点保护，出什么事我第一个找你算账。小杨的老公憨厚地笑着点头。

送他们到门外，要了她的电话号码，并关照有了宝贝一定要抱来给我看看。小杨忽然拉着我的手难过地说：陈姐，你一个人太累了！不如别开饭店了！一股辛酸涌上心头，看着他们离去，我才让泪水倾泻下来……

我还记得你

已近下午一点半，员工们准备吃饭下班。这时候，从门外走进一个女子。女子不说话，径直地走进来，像一个忧郁的影子。我打量着女子，这女人穿着华丽的衣服。只见她长发飘逸、裙裾飘飘，按说该是个幸福的女人，可是她一言不发，走进饭店就面无表情地在大厅的桌子旁坐下来。她这种状态与她身上绚丽的颜色形成了很大的反差。我暗示服务员一眼，服务员急忙上前询问：请问您几位？那女子优雅地抬起右手，把一个手指竖起来。那手指高深莫测，我们不知道那根手指意味着什么。服务员想问，见那女人一脸冰霜，就不敢冒失再问了，忙着端茶倒水小心伺候。那女子翻看着菜谱，用手指点了两道菜：盐水鸡和红烧牛蛙。点完菜后，她依旧默默地坐在那里品茶。

一盘盐水鸡很快端上来了，摆在了那女子面前。那女子用眼睛瞟了一下，突然眉头一皱，开口说话了：端下去，换鸡！服务员迷惑不解：美女，这就是您要的鸡啊？那女子瞪了服务员一眼：

你再看清楚点儿，这是鸭子！服务员委屈地解释：我们店的凉菜从没有鸭子……服务员还想说什么，那女子却用那纤纤玉手优雅地摆手示意：端走，走远点儿，别喷我身上口水！看那阴冷的表情，很像影视剧里寻衅滋事的那种镜头。服务员纳闷无语，想这女人是不是午睡没睡好，来我们这里撒癔症啊？什么鸭子？明明是鸡，怎么说是鸭子？难道人在江湖漂，吃的鸡和鸭子太多了，到如今连“鸡”和“鸭子”都分不清了？

服务员为难地把目光投向我。我那一刻是冷静的，看着这女人不是什么善茬儿，急速地在脑海里努力搜寻，仔细想想我好像没有得罪什么人。在确认没有仇家以后紧张的心情才放松些。服务员们见我没表态，又换了个有经验的硬着头皮上去说话：美女您好，我们这个确实是鸡，再说鸭子也不便宜，我们没有必要把鸭子当成鸡卖给您。那女子板着面孔冷冰冰地说：我说它是鸭子就是鸭子！看来这女人真的和“鸭子”耗上了。说实话，只要我当时发一句话，完全有可能把她轰出门去。但我没有，我想看看她究竟想做什么。她为什么要这样做，她是神经有问题，还是故意在我们饭店找事，她凭什么这样无理取闹。在我胡思乱想的时候，又听我们的服务员柔声细语地说：这样吧，我把做好的整鸡拿来给您看，再当着您的面剁，这样行吗？那女子鼓了鼓嘴巴，欲说什么，但还是自行放弃了。她似乎没有了坚持的理由，只好随意说了声：那你剁吧。

凉菜师傅从后堂提来了菜刀和菜板，又把那只鸡当着女子的面剁好装盘，然后添上调料。接下来我们担心的事情没有再发生。我一直观察着女子，在等菜的过程中，那女子好像遇到了什么事似的，神情有些恍惚，时不时地泛出怒意。总之内心是波涛汹涌的，无法平静下来。那盘鸡上来后，她看了看，没有再说是鸭子，那红烧牛蛙端上去时也没被硬说成是“青蛙”。刚才那股怒气稍微减轻了一些，我抽空打量那女子。只见她有时凝神沉思，有时机械地吃着喝着。白净的面孔上嵌着一双美丽的眼睛，但却无法掩饰那重重心事。吃完后买单，她没有找茬儿，反而是态度来了个 180 度大转弯，气氛当时缓和了很多。想来对自己刚才的行为也有些愧疚吧。付完钱后转身背起皮包，有节奏的皮鞋脆响声和那轻盈的身影都慢慢地飘远。

这女人影子一样地来，现在又风一样地飘走了，恍惚间像演了一出折子戏。等她走后，愤怒的员工们才开始七嘴八舌议论起来。凉菜师傅说：幸亏是陈姐脾气好，要是别的店才没空伺候她呢，不吃拉倒。性情直爽的勤杂工大姐说：大概是跟她男人闹别扭了，要么就是被情人给甩了，没辙了来找咱出气！又有人在一旁胡乱地瞎扯，说今天是遇到鬼了！引起一阵阵笑声。还有的在说：陈姐，够一篇文章吗？赶紧写下来。我没有笑，只是轻轻地摇摇头，又忽而点点头。

仔细想来，写这篇文章也没有多大意义，内容也不够丰富，但我却想了很多。这个女人像个谜，我们无从知道谜底。但无论怎样，她刻意闹事也罢，发泄苦闷也罢，她最终还是一分不少地买单了。我又能说什么呢？我也是个女人，我想作为同性的忧伤，在某个方面我也能够体味到吧。我很想她再次来我们店里，我很想对她说：我还记得你，你姣好的面容和优雅的姿态还留存在我的脑海里。只是这世上没有什么过不去的坎，但愿你再来时开心些。我还会对她说，你笑的样子肯定很好看。我愿意好好地陪你聊聊，但有话咱要好好说，千万别再“指鸡为鸭”。

莫负好人心

说起来也挺有意思，平时在饭店里，不管怎么说，我管着十几个人吃饭，大小也是个老板。除了必须的应酬外，我基本上不会亲力亲为到菜市场去买菜的。那天情况有点特殊，早早地被预订了几桌宴席，一时间人手不够，我这个当老板的，便也撸起袖子，一大早就去了国强路菜场。一进了充满腥味的菜场，我的角色马上就转换成采购员了。按照购物清单，我先把一些小东西买了，然后我来到家禽区，水产区，闻着家禽的味，水产的味，开始采购。鸡鸭鱼肉逐样挑拣、还价，把买好的东西放在熟悉的老板摊子上，最后才去买那两样活物：鲤鱼和牛蛙。

活蹦乱跳的鲤鱼甚是招人喜爱，体型小巧，在水里自由自在地游来游去，一点也不知道很快就会大祸临头了。我按照糖醋鱼的要求，把我温柔的手探进了水里，如为皇上挑选贵妃似的，精心挑选起来。我专拣身材匀称、模样俊俏的鲤鱼挑了八条。那样子很是让人疼惜，只可惜鱼类托生错了，成了人类馋涎欲滴的食物。若是它们只能用来观赏，把它们宝贝似的养在水池里，天天看着也是舒服啊。

买好菜，找人帮着把东西拎到路口。路口早有出租车等在那里。我向出租车招手，那辆出租车很快就靠了过来。知道是送货的，司机忙下车把后备箱打开，把一大堆东西逐样放了进去。生怕那两样“活宝”被压死，我特意地把牛蛙和鲤鱼拎出来，最后把它们塞到了工具箱的里侧，然后才放心地关上门。

一路无话，出租车很快在我的饭店门口停下来。货物提下来后，那出租车一调头就开走了。这好像是再平常不过的事，可是厨师们在清点、整理菜的时候，发现今天的不寻常了。他们找到我说，陈姐，你怎么没买鲤鱼和牛蛙？我说，买了啊？可是，翻遍了所有的菜都没见到我那鲤鱼和牛蛙。难道它们变成精灵飞走了？我再问那两个卸货的厨师，他们都说没丢在车上。我猛然想起：被我放在工具箱里侧了，他们拿的时候肯定是没有看见。这下糟了！我不由得在脑海里放起电影，回想着那辆出租车的情况，竟然是一片空白。一路上也没说几句话，不仅那个司机长得什么模样记不得，连车牌号以及一个电话都没有留下，还没索要发票。这下想找到司机，可能比大海捞针都难了。怎么办呢？中午八桌人要等着吃呢。情急之下，我急忙通过 114 查询到交通电台的号码，想让他们广播一下，但是要收一百块钱费用，而且不知道有没有用，也不知道什么时间能找回来，不划算。我那可爱的鲤鱼和牛蛙啊！无奈，我又再次做了一回采购员，以最快的速度去重新买回。

下午回到家里，躺在沙发上的时候，心里还在琢磨这件事。

觉得采购员也不是好干的，自己采购是那么认真，可到头来还是把鱼和蛙给弄丢了。我想到那个司机捡了个大便宜，气就不打一处来。正生着气呢，忽然接到店里打来的电话，说是人家把鲤鱼和牛蛙送回来了。我说，真的吗？潜台词是，世上还有这么好的人？对面说，真的。我叫一声“马上到”，便急忙赶往店里。

等我到了饭店时，人家司机却走了。我看到那八条鲤鱼躺在案板上，一个个都含恨而亡，死不瞑目了。牛蛙们还没心没肺地活着，一只只在盆里蹦跶着，大口大口地呼吸着新鲜空气。值班员工对我说：那司机说他到后备箱拿工具才看到有东西。他到屋里把东西放下来就走，还说耽误我们用了。

我没想到咱蚌埠还有这么好的“的哥”。“鲤鱼牛蛙事件”过去二十多天之后，我又去了一次国强路菜场。像往常一样，我拎着大包小包到路口乘车。一辆出租车开过来，我坐进车里，说出要去的地方。那司机看了看我，忽然问我，你乘车丢过东西吧？我一愣，惊诧地打量他，忽然想起了什么。我说，丢过东西。司机说，是鲤鱼和牛蛙吧。我说，是的呀。司机温和地笑起来，说，那次你的鲤鱼和牛蛙就是丢在我车上的，我还有印象呢！我感激地说，谢谢你，谢谢你！司机说，不用谢，乘客丢了东西，我们一定会想办法物归原主的。我点点头，说，你姓什么？司机笑笑说姓李。我说，这回记住了，一想起鲤鱼就会想起你。司机说，我姓木子李，可不是鲤鱼的“鲤”哦。我们俩都开心地大笑起来。司机接着又说，我那天送过几家开饭店的乘客，后来挨家去找，第三家才找到你们饭店，说对了丢的东西才还给你们。

我心里非常感激。找到他，我比重新找到鲤鱼还要高兴。多少天来，我一直在为自己没能自己说声“谢谢”而懊悔不已。当我连声说“谢谢”时，他却一脸的淡然：谢什么？这点小事，不是见到你我早都忘了。

怎么能不谢？虽然“谢谢”不能当饭吃也不能当钱花，但它会让人心得到温暖。虽是小事，但并不是每个人都能做到。正是这些小事，会给人们心中增添一分暖意，会让人与人之间相处得融洽、和谐。回报一声“谢谢”或者投以一个感激的眼神和会心的微笑，这都是对好心人的尊重与激励。这个世界需要好心人，但好人的心也需要用真情去温暖。

别把自己弄丢了

没什么不能没钱，有什么不能有病，丢什么不能丢人。

我所说的“丢人”，不仅是指丢了面子，还有另外一层意思：就是活在无奇不有的大千世界，我们一定要走好每一步，不能丢了人。如果到头来真的把自己弄丢了，那是真的丢人，丢大发了。

想起了那个初冬发生在我们饭店里的一件事。天冷，天黑得早，食客们早早进饭店吃饭，一波食客散尽，离打烊的时间就差不多了。过了九点，客人走完，员工们准备吃饭下班。领班小刘走了过来，往大厅卡座指了指，小声地问：“陈姐，那个人怎么办？”我往小刘手指的方向看过去，原来那个小小的卡座上还有一个人没有走。那是位年轻的女性，她大约喝了不少酒，现在好像是有点醉意朦胧了。我问：“她来了多长时间了？”小刘说：“六点多就来了。”

年轻女顾客看起来很时尚。进来的时候是她自己，我们都以为肯定不久就会有一个优雅的男士进来陪她。因为在我们看来，像这类时髦的女人，她的身边从来就不会缺少如意郎君。可是有点出乎我们的意料，那女人一直在等着，始终没有男人现身。我因为忙，就忽略了这个细节。后来我再看到她时，她已经要了两个菜和一瓶白酒，在那儿自斟自饮起来。没有人作陪，亦不知道她是不是失落了许多，反正我们能够直观看到的是，女人默默无语，一杯接一杯慢慢地喝酒。我的印象里，像这样很有优越感的女人，一般都是喝红酒的，而且用的是高脚酒杯。因为那样可以衬托出女人无限的优雅和风情。但是今晚这个女人是喝白酒，而且她看起来喝多了。她已经伏在桌子上，好像是睡着了。

我对小刘说："你们没有催一下吗？"服务员说不敢催，那女的脸色不好，喝着酒还流着眼泪。

我这才谨慎起来，来到大厅桌子旁边，按照催客的经验轻轻地推了那女子一下，尽量让声音显得亲切："小妹妹，还需要吃点什么吗？"那女子吃力地抬起头，摆摆手又把头垂了下去，嘴里却不停地念叨："我什么都没有了，我什么都没有了……""天已经晚了，要送你回家吗？""我没有家，我什么都没有了！"说罢，竟泪如泉涌。

我近距离打量着这女子：她的头发缎子一样柔顺发亮，自然地垂到肩上。脖子上的铂金项链随着啜泣时的抖动闪闪放光。白嫩的十指相扣在一起，手指上戴着一枚耀眼的钻戒，腕上挂着一个精美的皮包，无处不在显示她是个身价不菲的贵妇人。既为贵妇人，何至落到如此地步呢？到底发生了什么故事？

我在女子对面坐了下来。我以一种文人的敏感，把我放到和她同等的位置上。我慢慢地询问她，并以姐妹相称，一是希望她清醒过来，早点离开饭店，因为我们要打烊了。二是我也想听听她的故事，或许我能够给她一点安慰和帮助，让她的心情好起来，不至于借酒浇愁。她看了看我，抹了一把眼角的泪，支离破碎地说了一点话，那或许就是她的支离破碎的生活、支离破碎的人生吧。我努力地帮助她把她的话语归纳得有条理一些，把她的故事整理得明晰一些。透过她断断续续的叙述，我基本上知道了她的故事是这样的：她爱上了一个男人，爱得死去活来，为了他抛家弃子离了婚。她原以为他也会痴心爱着她的，没有想到那个她一直引以为豪的“白马王子”，没有她想象中的那份痴情。他没有“痴心”，却不缺少“花心”。在她离婚之后，他们也曾一段时间如痴如醉地沐浴爱河，他也信誓旦旦地要娶她，结一生一世的秦晋之好。可是，当那个男人花完了她的积蓄后，在某一天的黎明，也或许是黄昏，对她连一个招呼也没打，就人间蒸发了。蒸发得彻头彻尾，干干净净。她连他的影子都看不到了，就好像这个男人从没有走进过她的世界。而她的全部积蓄都挥霍殆尽了，甚至连她自己都成了“空壳人”。她无数次地给他打电话，对方先是暂时无法接通，最后干脆变成了空号。整个世界都空空荡荡。

她痛苦，她流泪。现在，她想用酒精稀释她的痛苦，于是她喝醉了。从她痛苦的程度，我确信她把自己的一切都交给了那个男人，正如她自己所说：她什么都没有了。呈现在我面前的，仿佛只是一具真情被掏空的躯壳，在风雨中漫无目的地飘摇。我有些不知所措：谁家的女人，她竟把自己给弄丢了！

不管是对是错，但此时的女人往往最可怜。怎么帮她？看她醉得很厉害，扶起来又倒了下去。送她回家，但往哪里送呢？我问她有没有手机，她迷糊中摸索着打开皮包，找到了她的手机。我拿过手机翻看她的电话簿，尽可能地找她亲友的号码。我拨打了那个她输入“哥哥”字样的号码，弄清这边的情况后对方说马上过来。打完电话后，把她的手机装进包里，把拉链拉好，这可能是我唯一能帮她的事情了。

直到她的哥哥和嫂子风风火火地赶到，一起抱着她上出租车的时候，她嘴里还在喃喃自语：我什么都没有了。我俯下身轻轻安慰她，我对她说，你还有很多，你有灵巧的双手，你有俊俏的模样，你有健康的身体，你有你的年轻，你还有时间……但不知道她能否听明白。说这些话的时候，也好像是在对自己说：女人要自强自立，宁肯让人嫉妒，也不要被人同情。无论何时何地，何去何从，都要“留一点”给自己，千万别弄得“什么都没有了”。无论恩怨得失，是非对错，过去的就让它过去。擦干眼泪一切都可以从头再来。无论高低贵贱强弱贫富，自己把握好自己位置，万万不可把自己给弄丢了。

那女子后来的情形如何，我不得而知。或许吃一堑长一智吧，但愿她坚强起来，精神上独立起来。那样，我们这些女人就不会在男人的甜言蜜语里轻易丢失自己了。

曲终人散

曲终人散。这四个字太过沉重，包含的意思太多太多。不是亲尝曲终人散的滋味，谁愿意提及这充满了忧伤和无奈的四个字?

我苦心经营的饭店，在经历了一年拼搏之后，终于走向了这个结局。这个结局不是秋收般的辉煌，而是冬日里的萧瑟。有四个字，如泰山压顶般向我压下来，这就是“曲终人散”。我多么不愿提及啊。这就宛若一处流着血的内伤，伤在心口，不能碰，一碰就疼。我的样子，仿佛是在众目睽睽之下重重地摔了一跤。而我还不能认输，也不愿意别人看我的笑话。我只能忍住疼痛，慌忙爬起，装出若无其事的样子，整理好衣衫，掸了掸尘土，掩饰着被人嗤笑的尴尬，躲避着行人的目光。

家是最好的避风港。当饭店的门不再为我敞开时，没人知道我心里的难受滋味。我唯一能做的就是带着自己影子，孤孤单单地回到小区，上电梯，掏钥匙，开门。有一个地方可以安放我受伤的灵魂，这就是家。我在客厅坐下来，不悲不喜。看看窗外，光阴和平常一样，没有区别。可是之于我，什么都又变了。我一直同情并愿意设身处地地理解受伤的女性，可是我的伤谁来慰藉？我也是女人啊，即便有着坚强的外表，可我的内心也有柔软的部分。我也想小鸟依人啊，我也需要一个厚实的肩膀啊！谁能给我？

我为自己倒了一杯水。在临窗的小椅子上坐下来。水汽上升，我的心情下沉。现在，不再为饭店奔忙的我，可以回忆和思考了。我想到了一年来发生过的一幕幕。创业，经营，结局，这短暂而又漫长的过程中，走过来多少忘不掉的人和事啊。那个为我看门的、吃剩饭的大爷走了，那个伶俐能干的大朱走了，那个靠着“怀孕”一次次成功跳槽的小杨走了，厨师们走了，终日相伴左右的、可爱调皮的小王也走了……留下的只有我自己。而我其实也走了，留下的是那个倾注我一年心血、现在已经不再属于我的饭店。一年的艰辛，换回的只是一沓缩了水的钞票。除此而外，我还为发生在饭店的故事，写过几篇文字。所谓财富，大概这些就是我的财富了。虽说受伤，我却不怎么悲伤。当有些事情已看透，当我用高昂的代价换回来一些人生的经验教训，我还有什么可悲伤的呢？那个饭店，曾经是我难舍难分的大家庭，我也很留恋，多么不愿失去啊。可是我没有经营好，就把它转交给别人吧，如果饭店能够很好地存活下去，又何尝不是一件好事呢？

这样想着，我有了一些释然。我对我自己开始了抚慰，这大概就叫做自我疗伤吧。

我想到了一些事情。当初我为什么要开饭店？我对饭店经营知道多少？是什么导致了饭店不得不“曲终人散”？我觉得原因不是那么单一的。尽管看起来很简单：初涉餐饮行业，自己并没有经验，也不懂饭店管理的专业知识，所以失败了。其实还有一个大原因，我们遇到了金融危机。市场疲软，生意冷清，再加上蚌埠饭店本来就基本饱和了。在林立的强手前，我这个不大规模、不具绝对优势的饭店，夹缝中求生存，是很难的。

我盲目地未做调研就开始了投资。餐饮业内部的规则，不是多年的业内人士，谁能知道？行业规则，像我这种“笨拙”的女人领悟不到其中的“真谛”啊。我想我是努力了。这一生，我真真切切地开过一回饭店，虽已“曲终人散”，但我无愧于心，虽败犹荣。

交接是很顺利的，我尽量让自己平静从容。那是我在店门上贴上“此店转让”之后，过了若干天，便有人来电话，要接手我的饭店。电话接通之后，我的心情颇为复杂。这是我用心血培育的饭店，现在竟然要转手给别人了。我很不舍，又没有办法。我强迫自己把心放宽，自己宽慰自己这没什么的，没什么。当对方带着优越感到我的店里和我办理交接手续时，我还是没有忍住，流下了眼泪。这个得意洋洋的男人，他为什么就不能体谅一下我的心情呢？还有，听说我的饭店转让了，平日里那些对我毕恭毕敬供货商，呼啦一下都来了。他们再也不会点头哈腰，脸上再也没有往日的笑意。他们拿着账单来结账，一副急匆匆公事公办的样子，不差一分钱结完账拍拍屁股走人。我感到了来自内心的疲倦。天啊，这人也太现实了。覆手为雨翻手为云，这就叫人走茶凉吧。可是我还没走呢，这茶就凉透了。尤其那个笑容灿烂（长久灿烂）的供货商，在我把欠她的货款全部结清后忽然就陌生了。那脸翻得比变脸都快。她疏远了我，弓着身子，围着新老板忙里忙外问这问那，恭恭敬敬。她帮着新老板，走进吧台整理东西，俨然成了主人，笑容比以前还要灿烂。而对我，好像不怎么熟悉。

至于我的那些可亲可爱的员工，他们得知饭店要转让了，其心情也不会比我好多少。平日里忙的时候忙，闲的时候，他们就在一起开玩笑，也会跟我这个老板开玩笑。我们亲如兄弟姐妹，真的就像在一条船上同甘苦共命运。现在他们不再说笑了，都在默默地以各种方式互相告别，那种依依不舍挂在脸上，甚至有些忧伤。我暗暗埋怨自己，都是我的多愁善感把这些活力四射的孩子给传染了。我又不能够挽留他们，好聚好散吧。我只能在心里祝福他们。

最后那个晚上，在我的安排下，我们在一起共同吃了一顿晚餐。气氛不好，安静而忧伤，这是我预料得到的。我的心里又何尝不留恋和伤感呢？我刻意地平复我自己的内心，始终把微微的笑意挂在脸上。我劝慰他们，要吃好喝好，开开心心。人生的路还长着呢，与其说这是结束，还不如说这是开始。来，让我们为崭新的明天干杯！

酒杯举起来，我们都站了起来。大家碰杯，一饮而尽。我看到他们有的在笑，有的在偷偷地流泪。总之，那气氛让我既感动，又感慨。终生难忘啊。其实那晚，大家心里都明白，如果哪个不小心说错了一个字，这顿饭将是最痛苦的散伙饭，若喝多了更加不可收拾。晚宴结束后，我为他们一个个结清工资。有人不愿意要工资。我说不行，这工资你必须如数拿去，这是你的血汗钱啊，你还要靠它养家糊口啊！他们领回工资，当他们把那几张沉甸甸的钞票装进口袋里时，有的又再次流泪了。

我努力让氛围开心一些。有人提议拍照，我欣然同意了。他们便簇拥着我拍了一张照片，照片上的每个人都在努力地笑着。这是我们的大家庭啊，今日作别，只愿未来的路走好。拍完照，就是道别，没有沉重的表情，我们都心照不宣地知道心里从来就没有轻松过。一声再见，概括了过往，也包含了未来，更诠释了辛酸和无奈。是的，再见！再见！只愿山重水复之后，带来柳暗花明，我们“再见”！

后来一天傍晚，在通往饭店的路上，我独自徘徊。就那么走着走着，竟不知不觉地走到了饭店门口。犹豫片刻，我还是走了进去。我不为什么，只为看看这个饭店吧。领班小刘和勤杂工大姐是我力荐留下的，她们客气地和我打了招呼，然后各自忙自己的事去了。那熟悉的吧台，还有我亲手买的沙发、茶几，墙上朋友送的字画……我却不知道该坐哪里或者站哪里了。新老板客气地招呼我。有人叫老板，我急忙回头，却见新老板回应着走了过去。我这才顿时醒悟：这个饭店已经不属于我了，我也不属于这个饭店了。

回到家里，家还有一种真切的感觉。我的家，这才是我该来的地方，喜怒哀乐无需掩饰。我一直宽慰着我自己，但是时常在心头又会疼痛。我品着茶，长久地沉默着。想到一年来，许多文友对我的帮助，还有那些理解我、尊重我的食客，心里酸酸的，又暖暖的。我拿起笔，我看到泪水落在洁白的纸上……

我给好友发了短信：喧哗已尽，曲终人散……

好友回信息了，我赶紧擦干眼泪查看：人生有失亦有得。

一曲终了，休息一下，生命的下一篇乐章将为你奏响。

第六辑　此情难忘

咱蚌埠人

我家虽然在蚌埠市管辖下的一个县里，但是我对蚌埠并不十分了解。这十余年都是在上海做生意的，关于老家乃至蚌埠的消息，时有耳闻，但是所知甚少。不是不关心老家，只是忙于生计，实在是弄得焦头烂额了。去年，带孩子回老家读书，考虑到孩子的未来，我们在蚌埠市买了房子，把户口和孩子的学籍都转到了蚌埠市。于是，我与蚌埠就有了一些交集。置身于此，生活的方方面面都要我去打理，慢慢的，蚌埠人的脾气、秉性、性格，我便窥得了一二。现在随手写下来，算是我初识蚌埠的一份记录吧。

提到买房，就免不了要提到搬家。新房子买下来后，经过两个月的装修，我们的家搬到了蚌埠。为贺乔迁之喜去饭店订桌，订好后留下电话号码便告辞了。走在路上，忽然在想：这老板也太马虎了，好几桌菜连定金都不要就忙着操办，到时不来他去找谁？我就想到了南方。在南方，店主多是勤勉而谨慎的，从不会做冒冒失失的事。你到他们饭店订餐不交定金？想都不要想。你给个电话能说明什么问题？能代替信誉金吗？能表达信任度吗？不能。不能你就交钱，别扯犊子。实在忘了带？对不起，你到下一家去，出门千条路，能走多远走多远，能发多大财就发多大财去。哪里像蚌埠人，电话号码一记，好嘞！没事儿，晚上带着嘴来吃就好了。“一百年前就是一家”，当年小渔村那会儿，都是在船上混的，谁不相信谁呢？你看看，蚌埠人讲诚信和义气吧。老板够意思，你下回吃饭，不来这家，你都不好意思。

晚上到饭店来吃饭，大厅里坐满了食客，生意好得很。一片热火朝天的气氛，几个爷们袒胸露乳，喝得满头大汗，喷着酒气，吆五喝六起来。这让我看到了蚌埠人的另一面，就是俗，不太注意场合。蚌埠人在喝酒的时候，不是豪情，而是计较或者炫耀。

饭毕，该出来走走了。吃得太多，总要消化消化的。走路，就要过十字路口。过十字路口，总要看红绿灯，遵守交通规则吧。这是我们在读小学时，老师就教导过我们的：“绿灯走，红灯站，过马路左右看，不在路上跑和玩。”可是此刻，红灯还亮着，我却分明看到，一帮男男女女，优哉游哉穿马路，颇有理所当然、天经地义的意思。我是有些惊讶的。更让我惊讶和纳闷的是，路旁的交通协管员看着行人闯红灯却若无其事！这也未免太滑稽了吧。后来我才知道，蚌埠人喝酒后，一个比一个不好惹，他们有些人还保留着小渔村时代的“江湖豪气”。我便渐渐理解了交通协管员为什么不上去指责违规者了。因为弄不好，协管员反倒会遭到一番辱骂：就这点权还怕过期作废呀？我赚一天钱够你守一个月！我后来还亲耳听到过这话：打你吧，可怜。不打你吧，咬人！然后跨上电动车扬长而去。就算追上和他理论，最后还是闹得不欢而散。路人会说：值吗？人啊，还是识相点好！

若在上海，不到通行阶段你千万别往前冲，否则会被协管严厉地叫回原地等待。你要是说出“赚一天钱够你一个月”之类的话，那你就麻烦了——协管员拖住你非要说出子丑寅卯来，路人放着绿灯不过纷纷停下来指责，路中央的交警也会往这边走来，你马上成了过街老鼠人人喊打，看你有多大胆还敢自讨没趣？

说起来，这事情也不大，但是人人都敢闯红灯，这事情就弄大了。出了车祸，要了人命，那是一眨眼的事情。你不遵守交通规则，出了车祸怨谁？所以往低一点说，这是个人习惯问题，往高一点说，不遵守公德，不遵守公共秩序，这是不道德的。咱蚌埠人，有江湖气，不能有“匪气”。

到菜场买菜，我发现了蚌埠人大部分和蔼、厚道，有的还乐于帮助人。游走在菜场中，看绿绿的新鲜蔬菜，听细碎的讨价还价声，也是一种怡然自得的满足和喜悦。我每到一个摊子前，年轻的摊主不管是男是女，总是热情地叫我大姐，要我买他们的菜，价格便宜。一声声叫，叫得我心里暖烘烘的。不买一点什么，都觉得有点羞愧，对不起人家似的。你和善待人，收获的亲热会加倍。你差两毛钱，人家会说：不要紧的，没有算了，下次再来。还会热心地找个大袋子把你手上零散的东西装在一起，微笑着和你说再见。

这是好的情况。如果遇到傲慢刁钻的买主，摊主就没有这么热心了。蚌埠女人厉害，大多说话带“口头语”。你若是对她盛气凌人，一毛钱你也别想少给，没有零钱整的都能找开，买就买，不买拉倒！你没有正眼看她，她也会用眼睛乜斜着你，一副鄙夷和高傲的样子。心里也许还在骂：买不起菜就别买！看看，蚌埠人恩怨分明，就像蚌埠的气候一样。有时热情似火，好到把心掏给你；有时又冷酷似冰，脾气不好马上骂人，让你几天都感到晦气。

但是话又说回来，蚌埠处在南北分界线上，蚌埠城市的性格又是兼容并蓄的，有开放，有保守。蚌埠人豪爽、大气，但得了理就要论输赢；蚌埠人宽厚仗义，但翻了脸你可要多加小心！蚌埠人，模仿力超过创造力，衣食住行都力求新潮时尚；蚌埠人，气派高于金钱，面子重于利益，宁肯丢钱也不愿丢人。

说蚌埠皆因爱蚌埠。乡音纯正，乡情浓浓，只有回到蚌埠才有家的感觉。咱蚌埠人吃苦耐劳，重情重义。咱蚌埠人血肉相连，荣辱与共。创造美好生活，创建文明城市，构建和谐社会，咱蚌埠人，任重道远。

北方的冬天我不冷

元旦刚过，我便踏上了回老家的路。过年尚早，主要是去看望我的一位朋友。那日在网上畅游半天，已是头昏脑胀，打开窗欲透透气。一阵寒气袭来，随即想起了远在北方、久违了的亲人与朋友。拨通了霏霏的电话（在家时她是我最好的朋友），一阵惊喜过后，我听到她黯淡的声音。再问她近况，她欲言又止，最后说："我很想你，你能抽空回来看看我吗？"一点没变！还是那样直爽，没有因时间与距离而产生的生疏与转弯抹角。义不容辞，因为我知道她是从不轻易求人的，更何况我回去一趟并不难。

火车缓缓启动，渐将那钢筋水泥筑成的森林抛在身后。驶过了静谧的田野、湖泊、山坳和树林，城市的喧嚣渐渐远去，烦乱的头脑也随之清醒起来。重回记忆深处，打捞起童年趣事，亲情乡情……竟有些归心似箭。

列车终于在县城的小站停下了，霏霏早已在出站口等候多时。

她没怎么变，长发飘飘，脸庞娇美，还是那年轻、优雅的样子。只是有一点点不同的是，她这次的表情，看起来有些忧郁，没有我们往日里见面的时候，她让我常能够看到的那种开心的微笑和洋溢出的自信。尽管此刻，她在刻意地用微微的笑掩饰一种内心的伤痛。

她也看见了我。她向我走过来，我也刻意带着美好的心情向她走过去。我们的手握在了一起，然后她情不自禁地把头靠在了我的肩上。我默默地让她在我的肩头停靠一会，然后我们什么也没说，默默地走出喧嚷的人流，来到车站对面的广场，找个条凳坐了下来。我说："霏霏，你遇到什么事了？"她说："我想哭。"随即就抑制不住地哭了起来。我有些惊愕，出了什么事情，她并没有告诉我，但我从她那悲伤的哭泣里，分明地感到了她或者她的家庭一定是发生了什么不好的事情。我于是没有急于问她，只是默默地抓紧她的手，任她伏在我的肩头痛哭。我想此刻，我能够做到的，也只有这些了。霏霏哭了一会儿，才抬起头，看我一眼，断断续续地说："我妈得了肺癌，快死了，我只能眼看着她死却没办法。"我问："是没钱治吗？"她摇摇头："不是，治不好了，晚期，癌细胞扩散了。"

我想起了那个慈祥的老人，不禁有些难过。还是读书的时候，我和霏霏同校，我经常跟霏霏去她家玩。霏霏的妈妈很和蔼，对我很好。见我到她家，无论当时忙着什么活计，她都会停下来，忙着端茶搬凳子，有时还拿出瓜子、糖果给我们吃。到了快吃饭的时候，她又会到园子里挑菜做饭，像妈妈一样体贴周到。那时，她年轻、丰满，很健康的样子，怎么现在会得这种大病呢？

我想到超市里买些东西，可是我的手被霏霏紧紧抓住，她说你不用买东西了，妈妈什么也吃不下了。

进了霏霏在县城里的家，觉得里面空荡荡的，只有几件简陋而又陈旧的家具，竟没有当初在乡下那种祥和的景象。一问才知道，前年霏霏丈夫在生意场上不慎被人骗得倾家荡产，还欠了一屁股债。丈夫被迫外出打工还债，霏霏还留在幼儿园工作，因为她还有一双儿女。本来两个孩子在乡下妈妈那里，现在只得把他们都接到身边来了。

霏霏的妈妈躺在床上，消瘦的脸形同骷髅，苍白得没有一丝血色，一头原本浓黑的头发已所剩无几。我以为她早已把我忘记了，没想到她轻轻地睁开了眼睛，还是认出了我。她用她的苍白失血的嘴角，对我微微地笑了笑。我朝她点点头，也报以微笑。我正想开口说什么，霏霏赶紧向我使了个眼色，我明白她是不让我乱说话。我俯身问："大妈，好些了吗？"她吃力地笑笑说："好些了，霏霏说，过段时间就好了。这病，好得这么慢，把霏霏……害苦了。"我赶紧安慰她，治病要慢慢来，不能着急。

那夜，霏霏给妈妈放好热水袋，又掖好被子，俯在妈妈耳边说："今晚我陪秀在那边屋里，你自己睡吧，我一会儿就来看看你。"妈妈喘息着说："去吧，怎么把我…当……当成小孩子了。"

我和霏霏像以前那样躺在一张床上，但都没有睡。我们时断时续地说着话，大多是霏霏说，我听。霏霏说，她妈妈就是怕拖累她，开始生病时硬撑着不说，等后来再去查就……她一直对妈妈瞒着病情，说是胆囊炎，吃药吊盐水就好了。她每天在家都强作笑颜，生怕妈妈看出什么破绽。因为依她家现在的境况，妈妈早知道一天就会早走一天，她肯定是不愿意多花一分钱治病。我这才知道霏霏那天接电话为何支支吾吾，电话就在妈妈的床头。

霏霏又一次去妈妈屋里给她喂了点水，回来翻箱倒柜地拿出一张放大的照片，那是病前的她妈。照片上的妈妈面色红润，一头浓密的黑发梳理得整整齐齐，容光焕发。老人慈祥地笑着。

霏霏说，这张照片是两个月前照的。那天妈妈被确诊为癌症，医生悄悄告诉她太晚了，已回天乏术。待了很久，她瞒住了不识字的妈妈。从医院出来，拉着孩子陪妈妈走在街上，她头脑里一片空白。她猛然想到自己将永远失去一个那样慈爱的妈妈。妈妈会因为化疗掉光头发，病魔将会把妈妈摧残得惨不忍睹。路过照相馆门口，她想给妈妈照张相。但妈妈平白无故绝不会去花钱照相的。她偷偷对五岁的儿子说："你缠着外婆说你要照相。"儿子说："我不想照相。"她说："就说你要照！把外婆缠进照相馆，一定要进去！要什么妈妈都给你买。"儿子于是连推带闹把外婆拖进了照相馆。三个人合照了一张后，霏霏硬是笑着逼妈妈照了这张单人照。

看完后，霏霏又小心翼翼地把照片包好收了起来。

我再也睡不着了。我为霏霏这份良苦用心而感动。是的，霏霏的心思是很细腻的，她知道母亲接下来要接受化疗，而在化疗的药物作用下，妈妈的头发有可能会脱落，再也看不到妈妈的一头黑亮的头发了。她于是带着妈妈去照相了，让母亲浓密的头发定格成了永恒。我想想我自己，出门做生意，几年来我学会了与人周旋，学会了言不由衷，学会了上网聊天，看惯了世相百态……唯独没有感受过这种血浓于水的亲情！

第二天，我要回家看我那久病的母亲。霏霏把别人买给她妈妈的水果和营养品装了一大兜，要我带给母亲，说趁她现在能吃得下……

回来时，我再次去看望霏霏，顺便跟她道别。那天北风呼啸，天气很冷了。看着霏霏依依不舍，我竟找不出什么话来安慰。我从包里拿出几张钞票递给她，被她谢绝了。她说：“我不用钱，我能和你说说话，能放声地哭一场，现在心里好多了。我要好好守着妈妈，让她过完这个年。”

跟她妈妈道别，老人还是艰难地笑着，对我说：“路上冷，多……穿衣裳。勤给霏霏……打电话，她……闷得慌。”霏霏好像猛然醒悟，赶紧去柜里找衣服，我乘机把钱塞到老人的褥子下面。霏霏把她的羽绒大衣拿给我。我知道那件是她最好的衣服，连忙推说不要，她却不依。我只好说：“把你那件棉袄给我穿就行了。”霏霏仍不答应，她说到大城市穿那样衣服丢人，她在家穿什么都行。

火车站旁边，霏霏把我拉进了一家羊肉馆，要了两大碗羊肉汤，并关照店主多放辣椒。这是我们这里的人冬天最青睐的膳食。吃完饭，浑身热气腾腾，鼻子上渗出了细小的汗珠。霏霏说：“趁热乎赶紧进站吧。”

等车的空闲，霏霏又出去了。回来时手里拎着一袋东西，是我爱吃的巧克力威化饼、情人梅、冰瓜子、橙饮……

火车徐徐开动了，车窗外的霏霏拼命向我挥手。此时的天空已飘下了第一场雪，雪花洒落到霏霏的头上、脸上、长长的睫毛上……

我百感交集，唯有把深情的祝福寄托于这纷纷扬扬的雪花，送给霏霏，送给老人。带着这份温暖、这份感动、这份炽热的爱，我去向了远方，去向岁月的深处……

送别巴金

2005年10月17日19时06分，文坛巨匠巴金先生永远地离开了我们。

10月24日下午，我闻讯乘车来到了位于上海市徐汇区的龙华殡仪馆，巴金老人的遗体告别仪式将于三点钟在这里举行。

我自以为来得挺早，结果，行至殡仪馆附近一看，路上车辆已严重堵塞，来为巴老送行的人络绎不绝。大批警察在维持秩序，疏导交通。电视台的采访车也早早地停在路边，只有等待时机才能开进去。

通往殡仪馆的道路两旁摆满了花圈和鲜花，一幅幅饱含深情的挽联在随风飘动。沿着道路围上了护栏，以保持车辆通行。行人在民警及工作人员的疏导下，从两边的人行道向馆内涌去。

我见缝插针往前走去。进了殡仪馆，我看到院子里站满了人。年轻的，年老的都有，有的在翻看着巴老的书，有的站在一旁默默地抹着眼泪。我也很感动，巴老的人格魅力太大了。我想到了这些年来看了不少巴老的书，那时，每当打开书页，我就会不由自主地想象着巴老的样子。我在心里对自己说，如果以后有机缘，我一定会去拜访巴老。没想到，现在我的这个愿望实现了，却是以这样的生死两隔的形式。止不住心潮涌动，我的眼眶湿湿的，眼泪流了下来。

这时候，殡仪馆内的人更多了，有中央派来的代表，有上海市委市政府的领导，有文学界的知名人士，有各地电视台和报刊的记者，还有许多热心的读者和市民。在签到处，五湖四海的吊唁者争相写下对巴金老人的崇敬与哀悼，那里排起了长队。有一位来自宁夏的热心读者马克先生正在接受记者的采访，激动万分的他眼中满含热泪。据说他不顾家人的阻止，乘了 59 个小时的火车专程赶来为巴老送行。还有许多人来自巴金的老家重庆，他们中有耄耋之年的白发老者，也有身穿校服的纯真少年。人们有的高举着巴金先生的遗像，有的举着自制的挽联，还有的高举巴老著作及相关的报纸……纷纷随人流向灵堂走去。

通向灵堂的走道两旁，青松肃然挺立，迎接着表情肃穆的人们。灵堂门口挂着一幅黑底白字的大幅挽联：为巴金先生送行。工作人员给每个吊唁者的胸前都佩戴上一朵洁白的小花，安排人们一一瞻仰巴老的遗容。在柴可夫斯基《悲怆》的乐曲声中，人们依次肃穆地走进灵堂，向巴老三鞠躬。尽管人很多，但整个告别仪式在工作人员周密安排下有条不紊地进行着。

我跟着吊唁的人群慢慢地走着。现在，我离巴老很近了。我已能够清晰地看到巴老的遗容。巴老的面色有些白，嘴唇微微下弯，眼帘闭合，似乎在安静地休息，安静地思考。我看着巴老，有一瞬间，我竟然觉得巴老的鼻翼在动，胸口也在微微起伏。我似乎听到巴老微微的呼吸声了。然而，我听到的哭声渐渐地淹没了巴老的呼吸声。我才知道，巴老原来真的逝世了。他再也不会睁开眼睛看我们一眼了。眼泪，像断了线的珠子，再次流下来。

老人的灵床正对着门外的那一簇心形红玫瑰，据说那是用101束玫瑰镶嵌成的，象征着101岁的老人一生火一般的激情。巴老躺在灵床上，身旁摆满了鲜花。他的身上盖的是一块雪白的绸布，那块布洁白得没有半点污垢，如同老人的灵魂。此刻，老人苍白消瘦的脸上尽显安详。他那颗充满爱的心脏已停止了跳动，他那为正义而沸腾过的热血停止了奔流，他那双揭露黑暗阐释光明的手已经僵直，他那洞察真理明辨美丑的眼睛和只说真话的嘴已经闭紧……他已把自己的一生交给了写作，把心交给了读者。呈现在我们面前的，只是他老人家耗尽心血后的身躯。

我对着老人低下了头，鞠了三次躬。我在默默地哭泣，我在心里一遍遍地说：先生，一路走好。我的灵魂其实已经下跪！为他的才华、他的人格、他的品德……

我知道，再过一会儿，这个以“巴金”名字享誉海内外的李姓男儿、这个轰动整个文坛的文学巨匠的身躯，将随着一缕青烟化为灰烬。但是我更知道，虽然我们爱戴的文学巨匠斯人已去，但是他的精神长存。他留下的，是他用血汗写成的长篇巨著，那是他的长明不灭的灵魂，那是人类的精神财富。他在文学史上立下了一块丰碑，他将成为后人航程中的一个航标，夜路中的一盏明灯。

频频回首，再次祝愿这位巨人通往天堂的路上铺满鲜花、洒满雨露。请您老一路走好。

生命中的绿意

阳台上，那株君子兰静静地生长着，宽厚的叶子激昂地向斜上方伸展，犹如上蜡般碧绿光亮，蓬勃向上。捧一捧清水洒向叶子，水珠在绿叶上翻滚，然后顺着叶片滑落在蕊上，清香仿佛沁入了人的心脾。

那是段我情绪低落的时光，友人带我去看他的小花园。小花园里，众多花草长势旺盛，虽不能像草原上的花草那般恣意，但是在这钢筋混凝土构筑的丛林里，有这样一块绿意盎然的空间，有一方静美的绿洲，也真是再好不过了。我的心情原本不是太好，走近花草，芬芳、清新的感觉扑面而来，让人赏心悦目。心情在刹那间有了转折。心里跃跃然，暖暖地享受着花草的芬芳，呼吸着新鲜空气，对那些无忧无虑、随意盛开的花朵，便满心喜欢了。置身其中，我才深深地感到：这些不该忽视的小生命，它们对于生活的态度是昂扬向上的。它们虽然弱小，但是它们有顽强的生命力。人类有掠夺，有欺诈，有对峙和侵略，它们没有。它们对抗严寒和酷暑，一起成长，一起享受春天，也一起枯萎或者死亡。人们面对艰难困苦，总有沮丧和低落的时候。就像我，不是因为心情不好，我何以特殊感受到这里的蓬勃旺盛？而这一盆盆花、一盆盆绿植，它们没有悲伤的时候，它们有的是安静的成长和对大自然的感恩。它们用扑鼻的芳香和清幽的绿回报大自然，回报这个生养它们的世界。原来，在这些貌不惊人的花草身上，有很多东西是值得我学习的。

此刻，我亲近着它们。它们对我似乎并不陌生，争相展示着优美的身姿，散发着诱人的芳香，毫不吝啬。尽管有许多我叫不出它们的名字。

友人见我凝神，问道：喜欢吗？自己随便挑吧。我想我是要挑一盆的，因为的确受它们的感染，我喜欢上它们了。我漫步其中，欣喜地看着这些争奇斗艳的花朵或者那些绿意浓郁的植物，在一盆君子兰旁边停住了脚步。我弯下腰，把君子兰抚在手中。那盆君子兰绿得发浓，看起来很壮，很大，也很沉。我当时默默无语，是因那些花草昂扬的生机令我惭愧，也是因我心底里对这些生命的崇敬。

我选了君子兰，可能是因为喜欢这名字，也是因为它的茂盛给人带来向上的勇气。我把它带回家里，把它放在阳光斜照的阳台上。朝夕相处，更增添了我对它的喜爱。我不知此花因何而得名。凭我的想象，它的叶子又宽又厚，不弯腰，不低头，象征着宽厚质朴，百折不挠。它的花葶粗壮，花株端正，花朵形同火炬，似高举着火热的信念，激情高昂，端庄大方。尽管此时花期已过，单凭它那浓绿壮观的叶子，也使别的花草望尘莫及。在展示着美丽的绿叶时，它还在默默地孕育花蕾，等待着来年绽放。它美而不妖、贵而不娇，它的静谧与从容、刚正与深邃，不都正是“君子”所具备的品质吗？

人的品质若能如此，那就是一种至高境界了。想想自己，天生与精致、优雅相距甚远，只是在小时候喜爱过花草和小动物。长大后居无定所，已被生活打磨得了无生趣，心底早已没有了诗情画意。心已疲倦，大自然就会被冷落。当源于自然的美被忽视的时候，我们的心里便长满了茅草。我们这些芸芸众生，熙来攘往，蝇营狗苟，已分不清什么才是最主要的，什么是可以放下的。面对物质生活，我们已习惯于贪婪地索取，把一些堪可珍视的东西随手扔掉了。比如这盆君子兰，小时候我也喜欢过。这些年来，为生活，为孩子，我不再养那些有生命的东西，比如猫狗，比如花草。猫狗要吃喝拉撒，花草要浇水施肥，否则会饿死或渴死。我早已习惯了只有“人”的生活，生命也成了惨淡的沙漠。

自从有了这“贵客”，我自认为好的习惯在逐渐形成。每天回家都先去看一眼，好像有人在家等待。又兴致勃勃地买回了茉莉、文竹与它相伴。伫立阳台，凝视君子兰，骄躁的心灵会安静许多，生活竟在不知不觉中变得淡定、从容起来。

我渐渐明白，人生不尽如人意，有时会陷入无尽的心灵沙漠。在徘徊迷茫的时候，不要让心窒息在狭隘的纷繁中。放飞心灵，去拥抱大自然，每一株花草树木都孕育着无限的生机、无尽的希望。去拥抱亲情，珍惜友情，守望爱情，那里是生命的绿洲。

感谢朋友，也感谢君子兰。君心若兰，给平淡的日子带来些馨香，给荒芜的心灵植入一片绿意。

那道咸涩的菜

有一次我去菜场买菜，偶然见到一把把拇指粗细、暗红色带刺的东西整齐地摆在摊子上。我猛地收住脚，站在摊前不肯挪步。二十多年没见过了！我犹如遇到阔别多年的儿时玩伴，既亲切又激动，迅速在脑海中捕捉对那东西的记忆。

小时候，我们把那东西叫做“鸡豆藤”。那时候夏天一到，门前的大池塘里便长满了这些东西，碧绿的叶子不像荷叶那样在水面上撑伞，而是像一个个大圆盘平铺在水面上。微风吹来，水波不惊，那一个个墨绿的大圆盘随着水波的细纹轻轻地浮动，像一个个好看的“田”字。水也很是清澈，我们站在塘边，有时候能看到一尾尾小鱼在那些叶片旁边游来游去，时不时带起小小的水花。若是天气晴好，蓝天罩在水上，白云沉入水里，那景色又是另外一副样子。水花一动，大圆盘就晃动起来，那蓝天呀，白云呀，就碎了，碎在了水里。

当大圆盘被风微微掀起的刹那，我们便看到了那叶片下面深入水中的茎，那是暗红色的清脆的“管子”，上面长满了锋利的刺，随着清波悠然荡漾。这暗红色的“管子”，就被本地人称作鸡豆藤。它是可以吃的。原先我们小孩子并不知道可以吃，后来发现有的人家在塘子边上弄这个东西，我们跟着过去看，才发现它们在饭桌上成了一道“农家菜”。

我们也如法炮制。中午放学后，或者大人收工后，除了家里做饭的主妇，我们大人小孩几乎都聚集到大池塘边。有的站在岸上，将镰刀绑在长竹竿上伸进水里去割，有的则下到水里连根挖，也有的用双手当桨划着大木盆在水面上采果实。果实是一枚枚心形的刺团团，高高地举出水面，里面的粒儿像玉米粒大小，壳儿又硬又涩，最里面才可以吃。那些藤儿中间布满了小孔道，和莲藕的差不多。剥了皮便成了淡绿色，略带咸味，切成斜片或段儿炒熟，那可是农家不用花钱的菜啊。

我记忆最深的是十一岁那年的一个星期天。那天天气不错，我没等大人们收工，就和隔壁的四丫抬着家里的大木盆来到了塘边。我们是来弄鸡豆藤的。四丫比我胖一些，我人瘦体轻，为了安全，我们俩研究起了谁坐木盆下水的问题。四丫首先想到了自己，她说她胖，要是坐在木盆里沉下去怎么办？那不是吃不到鸡豆藤了吗？我抠着鼻孔，想想四丫说的话也有道理。她若沉下去，我这小瘦人去拉她也拉不上来呀！拉不上来是一方面，她若反把我拉下去，岂不都完蛋了吗？不光鸡豆藤吃不到了，我这木盆怎么办？那是妈妈的洗衣盆啊。这么想了三个来回，最后我还是决定“身先士卒”下水给四丫看看。我于是先把木盆放进水里，然后我扯着塘边的芦苇，先把左脚放进木盆，再把右脚放进木盆。

我让四丫在上面等着，木盆便带着我往塘子里漂去。

那水真是清啊，能清楚地看到自己的影子。木盆渐渐划向塘中央，那里的叶子密而葱翠，捧一捧清凉的水洒向绿色的圆盘，水珠在上面翻滚，让人心花怒放。我小心地拨弄着叶子，躲避着刺针，还没来得及采到那刺团团，大木盆忽然倾斜起来。我越是想坐稳，它越晃动得厉害。我试图想抓住什么，伸手去抓，抓到手心里的是水。水从指缝间顷刻流走，我的心和希望也随着手心的水流得一干二净。我害怕起来，往塘边看，看到四丫在那里也跟着焦急。四丫说，你快回来，你快回来，坐稳了别动。我坐稳了木盆还在动。我顿时惊慌失措起来，一个趔趄翻进水里，吓得"哇"地大叫，刚叫一声便被水噎住了。生存的本能使我拼命扑腾，但什么也看不见，也无法喘气。脑子里闪回大人常讲的淹死小孩的情景，现在怕是自己也要淹死了。忽觉有人从后面拽住了我的小辫，又抓住我的胳膊把我托出水面，接着又听到四丫在岸上嚎叫。睁开模糊的双眼，我发现自己又回到了人间。我看到太阳在我头顶上晃动，我看到小鸟在飞，我听到青蛙在叫，我又看到了谁家的炊烟从塘子上空飘过来。原来我从塘子里上来了，我还活着。我把眼睛对准了那个拽我小辫的人，我看到了一张熟悉的、清秀的面孔——他是十四岁的阿康哥。阿康哥救了我，他的身上被刺针划满了血道子……

一晃许多年过去，人生的路各自走，我后来去了上海，阿康哥也去了青岛。当然，后来的阿康哥留给我的是痛苦的回忆。

你要买什么？摊主的问话打断了我的回忆。我问他这菜（没敢说出那生僻的名字）怎么卖？答说两块钱一斤。不知怎的，我觉得太便宜了。我买了两把，足有两斤多。我问道，这个菜好卖吗？摊主说，不好卖。我说，为什么呀？答曰，年轻人都不认识这个东西，年纪大的，也就是尝个鲜，回忆一下，吃了一回就不再买了，说是不好吃。你知道这菜叫什么名字吗？答曰，管它叫什么名字，卖完拉倒，下次不再卖了。

回到家里，把买来的藤儿按照当年的方法做成了菜，孩子吃了一口便皱起了眉头：妈妈，你买的是什么古怪东西，一点也不好吃！

唯有我慢慢地咀嚼着。咀嚼着睁开眼睛看见伤痕累累的阿康哥的那一瞬间；咀嚼着后来见阿康哥时悄悄产生的朦胧的羞涩；咀嚼着当年戏水玩耍、带给我们无尽欢乐的碧绿池塘早已面目全非；咀嚼着长大成人后的烦恼心事和劳苦奔波；咀嚼着在水中救我的阿康哥却无能救出他自己，几年前在青岛打工时葬身鱼腹，没找回尸体，出殡时家里人宰了一只大公鸡为他招魂……不知不觉中，已有两行清泪悄悄地流入口中，咸咸的，涩涩的。

前进路12巷

无论如何也没有想到，今天的我会拎着菜篮子在这条路上徘徊。

我之所以说“无论如何也没有想到”，是因为许多年过去了，我当初熟悉的那条巷子如今还在，并没有被市政建设所摧毁。至于今天为什么拎着菜篮子在这条路上徘徊，是因为我回来了，回到了当年那个很陌生、如今很熟悉的城市蚌埠。我要说的这条对于我堪可回忆的巷子就在蚌埠的一角。

这条路叫“前进路”。如果不是“前进路”这个标志，怎么也判断不出这就是我十八年前来过的地方。因为城市的变化太大了。拆迁，盖楼，一面是高楼林立，一面是断壁残墙。前进路，这条并不算太长的普通道路，在高楼大厦的裹挟下，已经几乎要淡出视线之外了。至于处在这条路中间的12巷就更是不好寻觅了。

我开始思索，哪怕是一点影子。我动用了我的逐渐老化的人脑系统，开始用看不见的引擎搜索，这路，这楼群，这里的角角落落。这里摆摊做小生意和生活的人们，慢慢地在我记忆的荒原上复活起来。他们如草，忽而慌张，忽而悠闲地活着。早上豆浆，包子，油条，稀饭，在小桌子边坐等着，一会热腾腾的豆浆就端了上来；下午或者傍晚，街角，路边，闲着的人们穿着睡衣，扎堆在一起，打麻将，打牌，赢几个小钱，买酒也罢，买烟也罢，快活快活。这种氛围的生活是前进路周边的人们休闲时的常态，也是这个城市的休闲常态。它们现在变得清晰起来，所有碎片都慢慢地凑到了一起，拼成了那条小巷，拼成了石老板、王姐、丹丹、姗姗……

那是十八年前，我第一次来蚌埠。之前一直生活在农村的那个家里，行走半径从未超过县城的距离，所以那次来蚌埠算是出远门了。为什么来蚌埠，我也说不清。我当时只知道蚌埠是大城市，大城市自然比县城好，县城又比农村好。我于是在那个伸手不见五指的黑夜，从婆家走出来，一路踉跄，如孤魂野鬼一般，经过县城，来到了淮河边的蚌埠。我只有一个想法，我以为，城里没有打老婆的男人，城里的路上没有烂泥，城里的空间大，可以让受委屈的女人伸伸胳膊伸伸腿，再来几口深呼吸，然后找一条生路，忍辱负重活下去……为了这些，在家挨了男人拳脚的我连夜逃出了那个漆黑的村庄，坐上了开往城里的汽车。

下了车，眼前全是新奇和陌生。

孤单，一个人在街上漫无目的地行走，漫无目的地东张西望，我在那条叫前进路的路口喝了一碗豆浆。在临近中午的时候，我走进了一家职业介绍所。店面不大，在高大的梧桐树下，屋里有一张办公桌，桌子后面是一张女人的脸，一副守株待兔的样子，她想必就是这个店的老板了。一问果然是。她向我友好地笑着，眼睛看着我手里瘪瘪的钱包，问，你找工作？我说，是的。一番推介，我从钱包里抽出三张票子（30元），作为必交的介绍费，交给了女老板。女老板打电话，不久进来了一个男人，这个男人就是雇主。几句交涉后，便以每月150元的工资成交，我做了石老板家的保姆。

临走时，女老板说，你的"主人"是做生意的，两口子人很好，你可要好好做哦。我不置可否。你且收我30元介绍费就好了，其余的你多嘴什么呢？做好做不好我自己不知道么？你未免也太热情、太操心了吧！我虽是刚从农村来的一身泥土味的女人，可是这话我也能听出来，分明是在巴结这做生意的。"主人"二字让我自然而然地想起了俺家的狗，心里憋闷得难受，但还是不情愿地跟着他走了。

石老板用摩托车载着我穿街过巷，拐了两道弯，在一栋大楼前停了下来。进了屋子，我不知所措。石老板径直走进卧室，从虚掩着的门传出说话声：大头、大脸，胖乎乎的，看样子人很善，好不好，用了才知道。

说得实在，我听了就好像是到菜市场买红薯就要买大个的似的。也罢，不管人家怎么说，我是被录用了。好不好，用了再说吧。我就这样顺利地成了这个城市人家的保姆。虽然环境陌生，我心里还是比较欣慰的。他们是养尊处优的城市人，我跟着他们，至少也沾了一些城市的光了。比如以后回家，村里的人兴冲冲地跑到我家问我，你是从哪里来？我说是从大城市来的，岂不也"辉煌"了一回？石老板他们天天用我，一点也没有把我用坏，反而他们越用越开心。最后他们的结论是：小陈这个人很好。

我努力记住城里人的生活习惯，认真地做好每一件事。虽说美其名曰保姆，其实就是带孩子的。石老板他们家做食品批发生意，太忙，顾不上带孩子。他有两个孩子，一个叫丹丹，一个叫姗姗，都还小。我的到来，迅速被派上了用场。我哄丹丹玩，抱姗姗喂奶，我把她们当成自己的孩子。买菜回来，我仔细地把账报一下，分毫不差。因曾做过买卖，王姐夸我会买菜。不知道是否随他们的意，但我是在尽心尽力做好。哪里做得不好，王姐会耐心地对我说。怕我饭量大吃不饱，她总是让我多做点饭，多吃点，吃饱了不想家。农村女人哪有饭量不大的？我能吃，因为我能吃，所以经常觉得过意不去，于是就更加要把孩子带好，算是弥补了一点我的难为情。

说是吃饱了不想家，很快我就知道这是一句骗人的话。想家是用心、用脑子想的，与胃有什么关系？再说蓦然想到“家”那个字，心里忽然就酸楚起来。那时候我正大口地吃着米饭，越吃心里越酸楚，眼里越潮湿，吃饭一点都不顶事。

我真正刻骨铭心地想家，是从腊月二十七开始的。城里人都纷纷走亲访友，街上烟花爆竹、春联年画花花绿绿地衬托出了浓浓的年味。石老板家里置办了一些年货，家里摆满了年糖、水果、鸡鸭鱼肉……那么，我家呢？我家现在是什么样子？买年货、买爆竹、买春联了吗？石老板家再好，终究是别人的家，无论怎样也代替不了我的家啊！

年初一这天早晨，两岁的丹丹要我帮她剥糖块。我是第一次剥那种密封的糖块，用牙齿才咬开。我的孩子，还没见过这种糖，他们只吃过用糖纸裹起来的那种，孩子把两头一拧自己就能剥开。我把丹丹搂在怀里，看着她那清澈雪亮的眼睛，慢慢的，那双眼睛变成了我孩子的眼睛。我的泪水无声地落下来，一串串落到了丹丹那稚嫩的脸上。

妈妈，阿姨哭了！

王姐抱着姗姗从里屋走出来，看了看我说，小陈，想家了吧？想家你就回家去吧。

我点点头，眼泪再次流出来。

第二天早晨，我收拾了简单的衣物，告别了石老板一家。王姐说，小陈，你长得并不丑，该买些好衣服穿。王姐对我不错，她要送我衣服，但是我没有要。我谢绝了王姐的好意，我只收下了那包新式糖块。石老板人也挺好，我曾以为当老板都是苛刻的，石老板给了我好印象。我也因此记住了这座城市的好。那天石老板拿着钱，要付我工资，我摇了摇头，果断地推辞了。没有半点拖泥带水。我觉得我自己终止了劳务关系，对石老板他们是有歉意的，而他们对我又很好。我不能拿这十几天的工资，也算是我为自己保留了一点自尊吧。

我摸了摸丹丹的小脸蛋，亲了亲姗姗嫩滑的额头，然后就转身走了出去，离开了生活了十二天的前进路12巷。

年初二的中午，我还是走时的那身行头出现在村头。那个被孩子们称为“大桥”的涵管上，我的两个孩子在玩耍。见了我，他们先是愣了一下，然后像燕子一样叽叽喳喳扑了过来……

我的乖儿子，我的乖女儿，冻得发紫的小手里拿着又黑又硬的冷馒头，黑里透红的小脸蛋上被风吹出了道道裂痕，胸前的棉衣黑乎乎的将要结冰……我的孩子啊，我的家！我抱紧他们，眼泪在寒风里扑簌簌地流下来。

十八年的时光，改变了很多人和事。唯有思绪，能够无拘无束地游走，去任何想去的地方。我的思绪，曾经多少次悄悄地来过前进路 12 巷。

在艰辛的道路上奔波，在多变的尘世中穿行，当我再次孑然站在这座城市，再次出现在这个地方的时候，石老板，王姐，丹丹，姗姗，你们在哪儿，都还好吗？